지치고힘들때
그리고

행복한
순간에도

다연

지치고 힘들 때
그리고 행복한 순간에도

초판 1쇄 인쇄 2011년 10월 15일
초판 1쇄 발행 2011년 10월 20일

지은이 | 박성철
펴낸이 | 임종호
펴낸곳 | 다연출판사(제 105-90-74924호)
주 소 | (121-854) 서울시 마포구 서교동 476번지 53호 세화회관 201호
전 화 | 070-8700-8767
팩 스 | (031) 814-8769
이메일 | dayeonbook@naver.com

ISBN 978-89-92441-20-9 (03810)

지치고 힘들때

그리고

행복한
순간에도

글·박성철

지치고 힘들 때
그리고 행복한 순간에도

살아가다 보면 그런 날이 있습니다.

가슴 먹먹해지는 슬픔에 잠기는 날, 세상의 실패라는 실패는 모두 나를 향하고 있는 듯 느껴지는 날, 이제 도무지 더 이상은 한 발짝도 앞으로 나아가지 못할 것만 같은 날, 그래서 모든 것을 포기해 버리고 싶은 그런 날이……

살아가다 보면 또 그런 날이 있습니다.

'아, 이래서 세상은 살 만하구나' 하고 느껴지는 날, 누군가를 바라보는 것만으로도 행복함이 느껴지는 날, 기특한 스스로를 칭찬해주고 싶은 날, 무슨 일이든 실타래처럼 술술 풀리는 기쁜 그런 날이……

한때 아프고, 괴롭고, 힘들고, 슬픈 나날들이 더 이상 없었으면 좋겠다는 생각을 가진 적이 있었습니다.

오직 행복만이 나의 삶을 감싸 안아주기를 간절히 바랐던 적이 있었습니다.

그러나 이제 나는 행복한 날들만이 내 인생에 가득하기를 바라지는 않습니다.

지치고 힘든 시간들 그리고 행복한 시간들, 이 모든 것들이 나에게는 소중한 시간들임을 깨달았기 때문입니다. 그 모든 것들이 모여 지금의 나의 인생이라는 영화가 상영되고 있기 때문입니다.

지치고 힘든 시간, 행복한 시간. 그 어느 것 하나 부정할 수 없는 나의 인생입니다.

지치고 힘들 때도 나는 나의 인생을 사랑합니다. 그리고 행복한 순간에도 나는 나의 인생을 사랑합니다.

이 책의 글귀들이 당신이 자신의 삶에 더 큰 애정을 가지는 데 조금이나마 도움이 된다면 저는 이 세상에서 가장 행복한 작가가 될 것 같습니다.

부산 해운대 가을바다에서 노트북을 꺼내어들고
작가 박성철

그리고 행복한 순간에도

Contents

희망 하나

아름다운 세상 풍경

스쳐 지나가는 얕은 만남이 아닌 오랜 그리움으로 남는 깊은 만남.

사람 사는 세상에 이별이 없을 수 없으나

항상 별빛 잃은 밤이면 솟구치는 그리움으로 기억되는

그런 삶이면 좋을 것 같습니다.

자신에게 최선을
다하는 삶

몇 해 전, 일본의 마라톤 선수가 한 말이 사람들의 가슴을 적셔주며 유행한 적이 있습니다.

1996년 애틀랜타 올림픽 마라톤에서 동메달을 딴 아리모리 유코라는 이 선수는 신문 기자들과의 인터뷰에서 이런 말을 남겼습니다.

"사람들은 나에게 조금만 더 분발했더라면 금메달을 딸 수 있었을 텐데, 라고 말합니다. 저는 비록 동메달을 땄지만, 정말로 최선을 다한 나 자신을 칭찬해주고 싶습니다."

자기 자신과의 싸움에서 근사하게 이겨낸 사람의 모습만큼 아름다운 풍경이 또 어디 있겠습니까? 인생 대학을 우등생으로 졸업할 수 있는 유일한 길은 자신의 인생에 최선을 다하는 것입니다.

그렇게 살아가십시오. 먼 훗날, 추억이라는 이름으로 자신의 인생을 뒤돌아보았을 때 최선을 다한 나 자신을 칭찬해주고 싶다는 마음이 들 수 있을 만큼 진지하게……

얼어붙은 가슴을
녹여주는 명약

실내 장식이 그다지 뛰어나지도 않고, 그렇다고 해서 자리가 좋은 것도 아닌데 유난히 장사가 잘되는 가게가 있었습니다. 늘 손님으로 들끓어 새로 장사를 시작해보려는 사람들은 도대체 그 비결이 뭘까 하는 궁금함에 방문도 많이 했지요.

가게에 들어와 이곳저곳을 살펴보던 사람들은 어느 한 곳에 멈춰서는 '아, 이것 때문이구나' 하고 고개를 끄덕이게 되었습니다. 그곳은 가게 사장의 책상인데 그 위에는 이런 글귀가 적혀 있었거든요.

우리의 삶에서 가장 잘못 보낸 날은 웃지 않은 날이다.

보이는 것은 순간이지만 영원히 기억나는 것이 있습니다.

힘겨운 삶에 휴식을 주고, 얼어 있는 가슴을 순식간에 녹여주는 명약. 수많은 언어보다 더 큰 효과를 발휘하는 그 명약은 바로 당신이 그 누군가를 향해 보이는 맑은 웃음입니다.

누군가 나의 이야기에
귀 기울인다는 것

어느 잡지사에 특종을 잘 따내기로 유명한 기자가 있었습니다.

특별한 능력이 있는 것 같지도 않은데 다른 기자들과는 달리 유난히 특종을 많이 취재하는 그 기자에게 비결을 묻자, 그는 대답했습니다.

"비결이라고 별것 있겠습니까?
저는 말하는 것보다
사람들의 이야기를 듣는 것을 더 좋아합니다.
그리고 그들의 이야기에 공감하고
감동하는 것을 더 좋아하지요.
저는 묻기보다는
그냥 가만히 진지하게 듣기만 하는 편이거든요.
사람들은 상대방이 자신의 이야기를
진심으로 귀 기울여 들어준다는 느낌을 받으면
자신의 비밀까지 모두 털어놓곤 하더군요."

누군가 나의 이야기를 귀담아 들어준다는 것은 얼마나 행복한 일인지요.

누군가 나를 따스한 시선으로 바라보고 있다는 것은 또 얼마나 가슴 푸근해지는 일인지요.

힘들어하는 사람에게 진정으로 필요한 것은 백 마디의 충고보다 단 한 번의 공감과 따스한 시선이랍니다.

당신은
무엇에 미쳐 있는가

컴퓨터로 유명한 인텔 사의 미국 본사 입구에는 이런 글이 새겨져 있다고 합니다.

Only the paranoids survive.

이것은 '미친 사람들만 살아남는다'라고 해석할 수 있을 것입니다.

세상 모든 성공의 이유는 그리 멀리 있지 않습니다.

피카소는 그림에 미쳐 있었기에 세계 최고의 화가가 될 수 있었습니다. 아이아코카는 자동차에 미쳐 있었기에 다 쓰러져가는 회사를 세계 최고로 만들어놓았습니다.

미지근함이 아니라 그런 간절함이 서려 있을 때, 해도 그만 안 해도 그만이라는 무덤덤함이 아니라 어떤 일에 충분히 미쳐 있을 때, 운명은 필히 당신의 손을 번쩍 들어줄 것입니다.

지금 당신은……
어떤 것에 미쳐 있습니까?
과연……
미쳐 있기나 한 것입니까?

수첩에 사람들의 이름이
넘쳐나기를

한 해가 지나고 새해를 맞이할 때쯤이면 한 해 동안 사용했던 수첩을 정리하고 새 수첩을 마련합니다.

작년 한 해 동안 나에겐 어떤 일들이 있었던가를 되돌아보며 추억에 잠긴다는 것은 살아왔던 한 해에 미소를 보내주는 것과 같은 일일 테지요.

그렇게 묵은 기억들을 되살리고는 그 추억들을 가슴속에 접어둡니다. 그러고는 새 수첩을 사서 거기에 친구의 전화번호, 주소, 생일 등을 옮겨 적지요.

그 순간 많은 생각을 하게 됩니다.

작년엔 수첩 맨 앞부분을 차지했던 친구의 이름이 나도 모르는 사이 저 뒷부분 구석진 곳으로 밀려나게 되고, 작년까지만 해도 선명하게 새겨져 있던 사람의 이름을 이제 새 수첩에 더 이상 옮겨 적지 않게 되었을 때 느끼는 그 쓸쓸함이란……

왜 이렇게 되었을까 생각을 하는 내내 자꾸만 우울해지는 마음을 가눌 수가 없습니다.

이제는 더 이상 그런 못난 경험을 하고 싶지 않습니다.

내가 아는 모든 사람들의 수첩에서 나의 이름이 언제나 지워지지 않고 수첩 귀퉁이 한구석에라도 존재하고 있었으면 하는 작은 소망을 가져봅니다.

나의 수첩에 존재하는 이름들이 하나도 지워지지 않고
한 해, 두 해, 해가 거듭될수록 차곡차곡 쌓여
사람들의 이름으로 넘쳐났으면 하는 작은 소망을 가져봅니다.

참
대단한 당신

　하와이는 아름다운 풍경 외에도 여러 종의 해양 동물들이 많이 사는 곳으로 유명합니다.

　와이키키 해변가에는 큰 동물원이 있고, 그 우리 안에 동물이 살고 있으며, 우리 앞에 꽂힌 팻말에는 그 동물이 많이 서식하는 곳에서부터 몇 년 생인지까지 자세한 설명이 적혀 있습니다. 차례대로 돌아보고 난 후 출구 쪽에 위치한 맨 마지막 우리에 오면 팻말에 아무 설명도 없이 단지 '세상에서 제일 위대한 동물(The greatest animal in the world)'이라고만 적혀 있습니다.

　하지만 그 우리 앞에 서면 동물은 없고 안쪽 벽면에 큰 거울 하나만이 걸려 있을 뿐입니다. 그제야 사람들은 알게 됩니다. 그 거울에 비친 것은 바로 자기 자신이라는 것을⋯⋯.

　태어나기도 전에 이미 당신은 수십억 대 일의 경쟁을 뚫고 이 세상에 왔습니다. 그리고 당신은 매일 아침이면 다시 새롭게 시작할 수 있는 24시간이라는 빳빳한 현금을 지급받고 있습니다.

　그것만으로도 당신은 참 대단한 사람입니다.

단지 흠이 있다면
당신 스스로가 자신을 너무
과소평가하고 있다는 것뿐……

세상의
모든 인연

개강을 한 후 얼마 지나지 않아 시험기간이 되었습니다.

학생들은 열심히 시험공부를 한 덕분인지 교수님이 강의실에 들어섰을 때 전부 자신감에 찬 표정들이었습니다. 교수님이 시험지를 나눠주자 자신 있게 풀어나가던 학생들. 하지만 시간이 지나자 모두 놀라는 눈치였습니다.

'강의실 안팎을 청소하시는 아주머니의 이름을 쓰시오.'

그것이 마지막 문제였기 때문입니다. 40대 후반에 파마 머리, 그리고 키가 약간 작은 분……. 하지만 마지막 문제의 정답을 적어낸 학생은 단 한 명도 없었습니다. 어처구니없어하며 약간은 화도 난 듯한 한 학생이 시험을 마친 후, 마지막 문제가 점수에 큰 영향을 미치는지 교수님께 물었습니다.

그러자 교수님은 대답했습니다.

"물론이지.
자네들은 앞으로 수많은 사람들을 만나게 될 테니까.

자네들이 만나는 모든 사람들은
자네들의 사랑과 관심을 받을 자격이 있는 사람들이거든.
자네들이 줄 것이 없다 해도 최소한 따스한 미소와
감사의 인사 정도는 늘 가지고 있을 테니까."

세상의 모든 사람에게 따스한 미소를 건네며 살아가시기를……. 세상 그 누구도 나와 인연이라는 생각에 지금 이 땅, 이곳에 함께 서 있는 것을 대단한 인연으로 여겨 미소지으며 살아가시기를……. 그 리하여 당신의 미소가 세상 단 한 가슴에라도 전해져 이 지구상에 미소짓는 얼굴이 단 한 명이라도 늘어가기를…….

인생이라는
게임

타인의 성공보다는 타인의 시련과 실패를 더 유심히 살펴보는 것
이 이제 나의 습관이 되어버린 듯합니다.

시련과 실패 뒤에 짜릿한 역전승을 거두는 사람의 모습은 언제나
더없는 벅찬 감동으로 다가오기 때문입니다.

1988년 서울 올림픽 야구 경기장.

미국과 일본의 결승전에서는 한쪽 손이 통째로 없는 조막손 투수
애보트가 역투하고 있었습니다. 완투승을 거둔 뒤 그는 눈물을 머금
은 채 지금도 기억에서 쉬이 사라지지 않는 말 한마디를 했습니다.

"나는 정상인(正常人)은 아니었지만
결국 정상인(頂上人)이 되었습니다."

또한 애보트는 야구라는 경기뿐 아니라 인생이라는 경기에서도
자신이 정상인임을 보여주겠다고 했습니다. 이 둘 사이의 공통점은

역전승이라는 말을 덧붙이며…….

오늘의 시련과 실패를 통해 내일의 성공을 엿보는 꺾이지 않는 정신, 그것이야말로 우리가 인생이라는 게임에서 절대 놓쳐서는 안 될 제1의 법칙입니다.

사람들과의
이별방식

영화를 보고 난 후 캄캄한 극장 안에 불이 들어와 자리에서 일어날 때면 따스함과 포근함이 밀려들면서 좋은 기억으로 남는 영화가 있고, 재미있기는 했지만 왠지 허전한 기억으로 남는 영화가 있습니다.

되돌아봅니다.

내 삶이라는 영화 안에서 만나고 이별했던 사람들에게 추억이라는 기억 속의 나는 그렇게 따스함과 포근함을 주는 존재였던가……

우리는 살아가면서 많은 사람들과 만나고 이별합니다.

스쳐 지나가는 얕은 만남이 아닌 오랜 그리움으로 남는 깊은 만남. 사람 사는 세상에 이별이 없을 수 없으나 항상 별빛 잃은 밤이면 솟구치는 그리움으로 기억되는 그런 삶이기를 바랍니다.

소망을 가져봅니다.

우리들이 만나는 모든 사람과 한 편의 영화가 끝났을 때, 진한 여운으로 남는 기억을 간직할 수 있도록 만나고 이별했으면 좋겠다는 작은 소망을……

참
좋은 친구

무작정 좋은 친구 하나 있습니다.

삶의 무게에 흐느적거릴 때, 예기치 않게 어떤 어려움을 만났을 때, 맨손으로 찾아가 고민을 털어놓아도 결코 부끄럽지 않은 친구 하나 있습니다. 남들은 다 큰 남자들이 손잡고 거리를 지나간다고 흘끗 쳐다보며 손가락질해댔지만 그 모습 전혀 어색하게 느껴지지 않는 친구 하나 있습니다.

어느 저녁, 술에 취해 몸도 잘 못 가누는 나를 부축하여 택시를 잡아주고는 자존심 상하지 않게 뒷주머니에 만 원짜리 한 장 슬그머니 넣어주며 밝게 손 흔들어주던 친구 하나 있습니다.

좋아한다는 말 한 번도 해본 적 없는 친구.

고맙다, 고맙다 말해도 그 고마움 다 전하지 못하는 내 친구에게, 오늘은 언제라도 부르면 달려가겠노라는 백지 위임장을 건네주고 싶습니다.

우리가 지고 가야 할
삶의 짐

언제나 자신이 짊어진 삶의 무게에 휘청대는 것. 그것이 사람의 일생일지도 모르겠습니다. 세상에 존재하는 불행이라는 불행은 모조리 나에게로 향해 있고, 아픔이라는 아픔은 죄다 나의 몫인 것 같은 사람들의 그 마음. 자신이 짊어진 짐이 다른 누구의 것보다 무겁고 힘겹다고 느끼면서 살아가는…….

하지만 가끔은 진짜 그럴까라는 생각을 갖게 됩니다.

유태인들 사이에 떠도는 '슬픔의 나무'라는 이야기가 있습니다.

최후의 심판일이 되면 사람들이 모두 한자리에 초대된다고 합니다. 그리고는 슬픔의 나무에 각자 여태껏 자신이 겪어온 고통을 매달게 된다는군요. 그런 후에 어떤 것이 가장 작은 고통인지 고르기 위해 나무들 사이를 누비며 다른 사람들의 불행을 살피고 선택할 수 있는 기회가 주어진다고 합니다.

그런데 한 가지 특이한 점은, 모든 사람들이 주저할 것 없이 다시 자기 자신의 불행을 선택한다고 합니다.

어쩌면 우린 스스로의 불행을 확대경으로 너무 크게 해석하는 경향을 보이며 살아왔는지도 모릅니다. 때론 다른 이들의 삶을 부러워하고 자신의 삶에 주어진 불행들을 지우고 싶어하지만, 그렇다고 사람들에게 타인의 삶과 바꾸라고 한다면 아마 대부분의 사람들은 고개를 가로저을 것입니다.

백 번째 생일을 맞이한 사람에게 누군가 다음과 같은 질문을 한 적이 있습니다.

"당신의 인생에서 가장 괴롭고 부담스러운 일은 무엇입니까?"

그는 생각에 잠기더니 시무룩하게 대답했습니다.

"지고 갈 짐이 아무 것도 없다는 것이지요."

비록 아프고 힘겨울지라도 나의 어깨에 드리워진 삶의 짐, 그 짐이 있기에 우리의 다리가 더 튼튼해지는 게 아닐까요? 그 짐이 있기에 우리의 삶이 더 단련되고 알차지는 게 아닐까요?

가장
행복한 사람

영국의 한 신문사에서 현상 공모를 한 적이 있습니다.

누가 이 세상에서 제일 행복한가?

이때 최고라고 뽑힌 내용은 이것입니다.

해변에서 가족과 함께 모래성을 쌓고 있는 어린이

그 다음 내용들로는 이런 것들이 있었다고 합니다.

집 안 일을 마치고 휘파람을 불며 아기를 목욕시키는 사람
작품의 완성을 눈앞에 두고 붓에 물감을 묻히는 화가
수술을 성공적으로 마치고 땀을 닦는 외과의사

행복은 크고 거창한 것에만 있지 않습니다.

행복은 휘황찬란한 네온사인에 숨어 있지도, 손 닿을 수 없는 먼 곳에 숨어 있지도 않습니다.

작고 낮은 우리의 일상에 숨겨진 행복을 찾는 데 우리가 너무 인색한 것은 아닌지요.

내 삶 안에, 나의 일상 안에 숨어 있는 지금 이 순간에 감탄사를 연발하는 사람에게, 행복은 자신의 모습을 잘 보여줍니다.

걱정의
무서움

땅을 쑥대밭으로 만드는 것은 핵폭탄이지만
이것은 한 인간의 마음 밭을 이내 폐허로 만들어버립니다.
이것은 가만히 있는 사람의 다리를 넘어뜨려
다시는 못 일어나게 만들어버립니다.
처음엔 지극히 작은 것에 불과하지만 바로 버리지 않으면
산꼭대기에서 눈을 굴리는 것처럼
순식간에 큰 눈덩이로 변해버리기도 합니다.
현실을 색안경을 쓰고 보게 만들고
가슴속 희망의 싹을 싹둑 잘라내버리고 마는 것.
그것은 바로…… 걱정입니다.

어떤 회사의 달력에 적혀 있던 이 글…….
걱정은, 처음 시작은 지극히 작고 하찮은 것이기에 책상 위에 앉
아 있는 먼지 같은 것이 아닌가 생각해보았습니다.
처음에는 눈에 띄지도 않다가 가만히 놓아두면 회색빛 띤 모양을

드러내고, 시간이 지날수록 그 위력이 커져 결국 책상을 다 뒤덮어 버리는 먼지 같은 것.

하지만 이것을 털어내버리면 먼지는 언제 있었냐는 듯 이내 사라 져버리고 맙니다.

자신의 마음 밭의 먼지를 이처럼 다 털어내십시오. 그것이 당신의 인생을 차지할 만큼 커버리기 전에 미리 쫓아내십시오.

한 남자의
독백

한 남자가 한숨을 내쉬며 독백을 하고 있습니다.

"무엇 하나를 얻으면 또 다른 하나를 얻고 싶어진다. 저것 하나만 손에 넣을 수 있다면 더 이상 바랄 것이 없다는 생각이 들 때도 막상 그것을 손에 넣고 나면 더 큰 것을 바라게 되는 것이 나이다. 예전엔 작고 사소한 것에도 만족을 했었는데……. 이제 자꾸만 커져갈 뿐 나는 결코 어떤 것에도 만족하지를 못한다. 사람들은 나를 가리켜 '물욕'이라고 한다."

당신은 무언가를 손에 넣을수록 과연 행복해지고 있는지요?

마음을 꿰뚫어보는 거울 앞에 자신을 세워보십시오. 알게 될 것입니다. 당신의 손에, 당신의 마음속에 물질들이 하나씩 하나씩 채워져갈 때, 대신 당신 안에 있던 순결한 영혼들이 하나둘 빠져나가고 있다는 사실을…….

신의
교훈

신은 겨울에
더더욱 모진 추위를 심어두었습니다.
우리가 무심코 지나친 따스함이
얼마나 값지고 고마운 것인지 알 수 있도록.

신은 가장 어두운 밤하늘에
가장 빛나는 별 하나를 심어두었습니다.
가장 절망적일 때
가장 큰 희망이 숨어 있다는 사실을
우리가 알 수 있도록.

인생이라는 게임에
임하는 자세 1

　절망감이 들 때면 조용히 가슴속에서 꺼내 읽어보곤 하는, 앤소니 드 멜로의 인생에 관한 정의는 그럴 때일수록 내가 삶에 더욱 분발해야 하는 충분한 이유가 되어줍니다.

사람은 인생이라는 카드 게임에서 모든 능력을 발휘한다.
주어진 패로써 게임하지 않고, 받았어야 할 패를 아쉬워하며
그 패에 미련을 두는 사람.
이들이야말로 인생의 실패자들이다.
우리는 게임을 하겠느냐는 선택의 질문을 받지 못했다.
인생은 선택이 아니다.
게임은 반드시 해야만 한다.
단지 선택해야 할 것은 방법뿐이다.

　때론 자신의 현실과 환경 때문에 절망하고 좌절하는 숱한 사람들을 봅니다. 허나 아쉽게도 우리는 자신의 환경이 좋건 나쁘건, 삶이

라는 게임에 임하느냐 임하지 않느냐라는 선택권은 부여받지 못했습니다. 단지 어떤 자세로 삶이라는 그 게임에 임하느냐가 우리가 선택할 수 있는 전부이지요.

단 한 번뿐인 자신의 삶. 튀어나온 입술로 불평만 해대기보다는 자신의 모든 정열을 다 바쳐 진지하게 임해야 하지 않을까요? 두고두고 후회와 미련이라는 멍에를 짊어지고 살아가지 않으려면 말입니다.

바라고 또 바랍니다. 당신의 삶은 먼 훗날 '그래, 넌 정말 너의 삶에 최선을 다했어'라며 내 안의 나에게 칭찬의 악수를 건넬 수 있는 삶, 그런 삶이기를……

내가 생각하는 성공

　　언젠가 미국의 작가 에머슨이 쓴 글을 읽고 가만히 고개를 끄덕인 적이 있습니다.

종종 웃으며 많이 사랑하는 것.
아이들의 사랑을 얻는 것.
다른 사람들의 숨겨진 장점을 찾아내는 것.
거짓된 친구들의 배신을 참아내고
정직한 친구들의 인정을 받는 것.
아이를 건강하게 키우는 일이건, 밭을 가꾸는 일이건,
사회환경을 건강하게 하는 일이건,
세상을 좀 더 나은 곳으로 변화시키는 것.
그리고
당신이 살아 있음으로 해서 한 사람의 삶이라도
살기가 수월해졌다는 것을 아는 것.
이것이 바로 성공이다.

자신이 하고픈 일을 지금 하고 있는 사람에게 주어지는 월계관 같은 것. 그것이 바로 성공이라고 나는 단언합니다.

누군가 그것은 세상 사람들이 바라보는 성공의 척도가 아니라고 충고해도 나는 고개를 가로저을 수밖에 없습니다.

나로 인하여 세상 한 가슴에라도 온기를 지펴주는 군불이 되는 삶. 그것이 바로 성공이라고 나는 단언하지 않을 수 없습니다.

나는
누구인가

내가 누구인지 알아맞혀보십시오.

나는 인류에게 가장 큰 범죄를 저질렀습니다. 나는 희망을 가진 이에게 절망을 선물하고, 기쁨을 가진 자도 불행한 자로 만드는 특출한 재능을 가지고 있습니다. 나는 강렬한 의지를 가진 훌륭한 젊은이들의 열망을 꺾는 특효약으로 쓰이기도 합니다. 행복한 삶을 원하는 이들의 가슴에 나타나 쑥대밭으로 만들어버리는 훼방꾼. 그 어떤 힘찬 정열도 삼켜버리고 마는 악성종양…….

70%는 일어나지 않는 것.

20%는 이미 지나가버린 것.

9%는 아무리 생각한들 바꿀 수 없는 것임에도 자꾸 하게 되는 것. 그것이 바로 나입니다.

이제 내가 누군지 아시겠습니까?

나는 바로 걱정입니다.

나도 그들에게
그런 사람인지를

　세상에 상처받아 절망하게 될 때에도 내겐 삶을 포기할 수 없는 필연적인 이유가 있습니다.

　힘겹고 아플 때에도 내게 위안이 되는 것은 내 슬픔을 기꺼이 함께 아파해줄 친구가 몇 있다는 것. 삶이 빡빡하고 삭막하게 느껴질 때에도 불러볼 따스한 이름이 몇 있다는 것. 적막감이 몰려올 때엔 늦은 시간에도 걸어볼 수 있는 전화번호 몇 있다는 것. 이런 사실로 인해 나는 세상에서 더없이 행복한 사람이 되곤 합니다.

　이렇듯 내 인생에 다시 살아갈 힘을 북돋워주는 비타민 같은 친구가 있다는 사실을 깨닫게 될 때면 나는 가끔 스스로에게 자문해보곤 합니다.

　그렇다면 과연 나의 이름은, 나의 전화번호는……. 나의 소중한 벗들이 나와 똑같은 감정에 사로잡혔을 때 이처럼 위안이 될 수 있는 이름인지를, 이처럼 따스함이 될 수 있는 이름인지를.

놓치고
살아왔던 것들

아침이 오면 아이들을 맞이하느라 분주합니다. 그날 우리 반 아이들에게 가르쳐야 할 내용을 들여다보기도 하고, 급한 서류를 처리하기도 하지요. 어제 아침도 그렇게 분주히 보내고 있는데 문정이가 머리를 긁적이면서 내게 다가와서는 한마디 던지고 가는 것이었습니다.

"선생님! 좋은 아침이죠. 사랑해요."

그 말을 듣고 나는 잠시 충격에서 헤어나올 수 없었습니다.

그날, 집으로 돌아오는 해거름 퇴근길에 찬찬히 생각해보았지요.

"네가 필요해."

"너를 사랑해."

지금껏 나는 이 말들에 얼마나 인색했었는가를. 그 결과 나는 또 내 인생의 얼마나 많은 우정과 사랑을 놓치고 살아왔는가를……

미소의
아름다움

　모두 다 똑같은 미소 같지만 사람들이 지어 보이는 미소의 종류
는 열아홉 가지나 된다고 합니다.

　미국 캘리포니아대학교의 교수들이 열아홉 가지의 미소들을 관
찰해보고는 한 가지 공통점을 발견해내었다고 하더군요. 열아홉 가
지의 미소 모두가 나름대로의 특징이 있지만, 이 모든 미소는 보는
사람을 기쁘게 할 뿐만 아니라 그 미소를 짓는 사람 자신도 행복하
게 만든다는 점입니다.

　어찌 보면 무척이나 쉬운 일이지만 사람들은 이것에 참 인색합니
다. 지친 사람에게는 휴식을 주고, 힘겨운 사람에게는 희망을 선물
해주는 것. 신이 누구에게나 준 최고의 선물, 미소…….

　그 미소를 인생이라는 길 위에서 만나는 수많은 사람들에게 선물
하며 살아가야겠습니다.

'용연향'이라는 향수

'용연향'이라는 값비싼 향수가 있습니다. 향수 중에서도 최고의 가치로 여겨지는 용연향.

이 용연향은 고래에서 나오는 향수입니다. 하지만 고래의 덩치에 비해 너무도 적은 양만 모을 수 있습니다. 고래가 어떤 상처로 인해 가슴이 닳고 헐었을 때 스스로 그 상처를 치유하기 위해 연고 같은 약을 흘리게 되는데 그것이 바로 용연향입니다.

상처와 힘겨움 뒤에 흘리게 되는 그 적은 양의 연고 같은 향수.

그 아픔과 어려움을 극복한 고래는 세계 최고의 가치로 인정받는 용연향이라는 찬란한 향수를 만들게 되는 것이지요.

지금 당신이 겪게 되는 모든 곤란함.

그 안에는 참으로 아름다운 그 무엇이 숨겨져 있습니다.

당신은 지금……, 당신을 힘들게 하고 있는 아픔에 급급해 그 곤란함 안에 숨어 있는 최고의 향수를 잊고 지내는 것은 아닌지요.

어떤 삶을
살아가고 있는지

가끔씩은 스스로에게 이런 질문을 던져보는 것은 어떨지……

1년에 한 번쯤은 슬픈 소설이나 영화를 보면서 정갈한 눈물을 흘리지 않는다면, 사랑하는 이에게 전화의 기계음 섞인 소리가 아닌 또박또박 정성스럽게 종이에 적어내려간 사연을 전해준 기억이 가물가물하다면, 길을 가다 마주친 아기의 맑은 미소에도 아무런 감흥이 되지 않는다면, 삶이 힘겨워 술에 취하고 싶은 날, 수첩 속 전화 번호부를 아무리 뒤적여봐도 떠오르는 얼굴이 없다면, TV 속 애틋한 이웃들의 사연을 접하고도 월말에 날아오는 전화요금 고지서에 여태껏 단 한 번도 700이라는 다이얼 번호가 찍혀 있지 않다면…….

당신의 삶도 그다지 자신 있게 '내가 이 지구라는 땅 위에 발 딛고 잘 살아가고 있구나'라고 자신할 수 있는 처지는 아닌 듯 싶습니다.

그리고 행복한 순간에도

스스로에게
던지는 질문

사람들이 내 이름을 들었을 때
제일 먼저 떠올리는 것은 무엇인가?
지금 내 삶이 단 하루밖에 남지 않았다면
과연 나는 어느 곳에서 무엇을 하고 있겠는가?
오늘 당장 내가 죽어 무덤에 묻힌다면
나는 비석에 무엇이라고 적을 것인가?
내가 쓴 그 비문을 읽으며
'그래도 내 인생은 참 좋았다'라고 스스로에게
칭찬을 건넬 수 있는 삶을 살아가고 있는가?

약해지고 흔들려 삶이라는 무대에서 모든 것을 포기하고 항복 선
언을 해버리고 싶을 때, 스스로에게 던져보곤 하는 질문입니다.

지치고 힘들 때

현재의 삶에
만족한다는 것

어느 한적한 꽃밭 가장자리에 작은 꽃 하나가 피어 있었습니다.

낡디낡은 파이프 하나가 길게 물탱크와 연결되어 있었고 파이프에 조그만 구멍이 하나 나 있었습니다.

거기서는 한 방울 한 방울씩 물방울이 떨어졌습니다.

작은 꽃은 그 물방울이 떨어지는 바로 밑에 자리잡고 있었습니다. 도저히 꽃이라고는 피어날 수 없는 척박한 땅인지라 그 꽃이 어떻게 거기에 피어났는지 아무도 알 수가 없었습니다.

꽃밭 중간에 피어 있던 '두려움'이라는 꽃은 늘 그 작은 꽃을 바라보고 있었습니다. 어떻게 그곳에 피어났는지 늘 궁금했던지라 두려움 꽃이 물었습니다.

"작은 꽃아, 너의 이름은 무엇이니?
어떻게 이런 곳에서 다 피어났니?"

그 조그만 꽃은 밝은 목소리로 대답했습니다.

"내 이름은 기쁘게 받아들임이에요.
저는 여기가 좋답니다."

한 미국인이 가슴에 수술을 받았습니다. 사람들이 그에게 수술 자국이 흉해서 싫지 않느냐고 물었습니다.

"흉터 자국이라뇨? 내 가슴에는 남들에겐 없는 스마일 자국이 있을 뿐인걸요."

삶에 있어 중요한 것은, 무슨 일이 일어나느냐가 아니라 일어난 것을 어떻게 받아들이냐 하는 것입니다.

예사롭지 않았던 하루

거리를 가다 동네 아저씨께 반갑게 미소를 지어 보였습니다. 특별한 이유는 없었지요. 찡그리는 데는 72개의 얼굴 근육이 필요하지만 미소를 짓는 데는 16개의 근육만 움직이면 되는 쉬운 일이었기에…….

버스를 탔는데 할머니 한 분이 무거운 짐을 들고 계시기에 자리를 양보했습니다. 자리를 양보했다고 해서 내가 잃은 것은 없으니까요. 그 자리는 애초부터 내 것이 아니었기에…….

오랜만에 수첩을 뒤져 친구에게 전화를 걸었습니다. 전화요금이 드는 일이긴 했지만 그것은 내게 더 많은 것을 안겨주었지요. 전화 끝머리에 전화해줘서 고맙다는 친구의 음성이 준 충만함에 비하면 그것은 너무도 작은 투자에 불과한 일이었기에…….

모를 일입니다. 특별한 일을 한 것도, 그다지 거창한 일을 한 것도 아닌데 그렇게 보낸 오늘이 내 인생에서 아주 특별한 하루였다는 생각이 드는 것은 왜인지를…….

삶에서
진정으로 중요한 것

　어느 시인은, 제각기 나름대로의 의미를 갖고 이 땅에 태어난 꽃과 나무와 물고기들에게 이름을 불러주지 않고 이 꽃, 저 나무라고 부르는 것을 삼가라 합니다. 어느 것 하나 제 이름 지니지 않고 태어난 것이 없는데 그 이름 하나 제대로 모르는 우리의 삶을 자책하라 합니다.

　어느 시인의 어머니는 풀들을 발로 밟아 뭉개는 것도 죄스러운 일 중 하나라 합니다. 그 풀들이 죽을까봐, 그 풀들에 붙어사는 조그만 벌레 하나가 죽을까봐 뜨거운 물도 함부로 붓지 말라 이릅니다.

　오늘도 아옹다옹 조그만 것 뺏기면 슬픔이고 조그만 것 뺏으면 기쁨인 듯 살아오다, 진짜로 중요한 것을 잃으면서도 태연한 듯 살아가는 내 자신이 안쓰러워진 하루입니다.

절망과 포기라는
악성종양

젖지 않는 종이컵을 개발하느라 청춘과 모든 재산을 투자했으나 잘 되지 않는 불행한 사람이 있었습니다.

그토록 많은 노력과 시간을 투자했으나 일이 잘 되지 않는 것을 본 사람들은 이제 그만두라고 충고했지요. 하지만 그 사람은 결코 그 일을 포기하지 않았습니다. 결국 그는 젖지 않는 종이컵을 개발하여 큰돈과 함께 명예를 얻었습니다.

사람들이 성공의 비결을 묻자 그는 자신의 책상에 적혀 있는 글귀를 가리키며 성공의 모든 비결이 여기에 있다고 대답했습니다.

포기는 언제나 빠르다.

삶에 있어 아쉬운 점이 있다면, 그것은 가장 아름다운 시절은 다시 돌아오지 않는다는 점입니다.

세상이 온통 막막함으로 다가오고 모든 것을 포기해버리고 싶은 지금 이 순간, 비록 힘겹고 아플지라도 이 시간은 어쩌면 우리 생에서 가장 소중하고 아름다운 시간일지 모릅니다.

우리의 삶을 튼튼하게 하고 성장시켜주는 것은 평온함과 수월함이 아니라 아픔과 힘겨움의 몫이기 때문입니다. 그렇기에 우리에게 절망과 포기는 언제나 빠른 것일 테지요.

이제 자신의 가슴에 들어 있는 가장 무서운 질병을 벗어던지십시오. 사람에게 암보다 더 무서운 치명적인 병균은 절망과 포기라는 악성종양이니까요.

사람이 있다는 것의
따스함

　가랑비가 추적추적 내리던 거리에서 갑자기 사람들의 비명소리
가 들렸습니다. 70세쯤으로 보이는 할머니가 고통스러운 표정을 지
은 채 자살한 것이었습니다.

　앰뷸런스가 와서 할머니는 곧장 병원으로 실려갔고, 뒤이어 달려
온 경찰들이 사람들을 해산시키고는 자살 원인을 알아내기 위해 할
머니의 아파트로 올라갔습니다.

　실내는 온갖 고급스러운 가구와 사치스런 장식품들로 꾸며져 있
었지만 왠지 모를 스산한 기운이 느껴졌습니다.

　이 정도 살림으로 보았을 때 경제적인 어려움은 아닌 것 같고, 혹
시 건강상의 이유나 불치병 때문일지도 모른다는 생각에 주치의에
게 전화를 걸었습니다. 하지만 주치의는 할머니가 나이보다 훨씬 건
강했다고 증언했습니다. 골똘하게 고민하던 경찰관은 책상을 뒤지
다 할머니의 작은 수첩 하나를 발견하였습니다. 그 수첩을 펼쳐보던
경찰관의 얼굴은 놀라는 표정이 역력했습니다.

　그는 '바로 이것 때문이었군' 하고 낮은 목소리로 혼잣말을 하며

고개를 끄덕였습니다.

할머니의 그 수첩엔 365일 동안 똑같은 글이 적혀 있었습니다.

오늘도 아무도 나에게 오지 않았음.

어느 날엔가 책장을 뒤적이다 머리를 망치로 얻어맞은 듯 멍해진 적이 있었습니다.

크리슈나무르티의 '한 마리 파리를 죽이는 것에 야단법석을 떨지 말고 지금 당신이 이웃을 죽이고 있다는 사실에 관심을 두라'라는 글…….

사람들은 지금 외롭습니다.

서로의 가슴에 다리를 놓는 대신 벽을 쌓고 있는 까닭에…….

힘들 때 바라보라고
저기 하늘이 있다

어떤 사람이 성공했다고 할 때 우리는 그가 얻은 부와 지위를 부러워하지만

정녕 우리가 부러워해야 할 것은 그가 그렇게 되기까지의 피나는 노력입니다.

진정으로 우리가 부러워해야 할 것은 한 사람의 부와 지위가 아니라

그 사람이 오랜 시간 흘렸던 땀과 눈물의 아름다움입니다.

흐르는
강물처럼

흐르는 강물을 보면 인간사와 참 많이 닮아 있다는 생각이 듭니다. 강물은 넓고 평탄한 길을 지날 때도 있고 폭이 좁은 곳을 지날 때도 있습니다. 아무런 방해 없이 빨리 흘러갈 때가 있는 반면 좁은 실개천을 비집고 먼 곳을 돌아나와야 할 때도 있습니다.

허나 강물은 단 한 차례도 제 갈 길을 포기해버린다거나 멈추는 법이 없습니다. 따스한 봄날 햇살 속에서도 흐르고, 한겨울 추위의 얼음 속에서도 계속해서 흘러갑니다.

어떤 날, 어떤 곳, 어떤 상황에서도 제가 가야 할 곳을 향해 가기를 포기하지 않는 강물. 강물이 자신의 몸짓을 멈추지 않는 이유는 아마 저 넓고 푸른 바다에 닿기를 원하는 간절한 소망을 한순간도 버리지 않았기 때문일 겁니다.

쉬어갈 수는 있지만 주저앉지는 마시기를.

자신의 소망을 가슴에 품고, 끊임없이 바다로 향해 가는 몸짓을 포기하지 않는 저 강물처럼.

이것 또한
지나가리라

　오래 전 어느 마을에 세상의 모든 진리를 알고 있다고 알려진 노인이 있었습니다. 그 노인에겐 많은 사람들이 찾아와 고민을 털어놓곤 했습니다. 하루는 어떤 젊은이가 찾아와 노인에게 힘겨운 자신의 생활을 털어놓았습니다.

　"나에게 힘이 될 수 있는 글을 주십시오. 비탄에 빠졌을 때 희망을 주고, 행복에 겨워 있을 때에는 교훈을 줄 수 있어야 합니다. 제발 나에게 그런 진리를 주십시오."

　그 노인은 심사숙고 끝에 이런 글을 주었습니다.

　"이것 또한 지나가리라."

　행복과 불행이 우리에게 찾아오는 것을 막을 수 없지만 행복과 불행이 지나가버리는 것 또한 막을 수 없습니다. 세상이 힘겨움과 고단함만 선물할지라도 잊지 마십시오.

　'필히 이것은 지나가버리고 만다'는 사실을.

늘 우리 곁에서
살아 숨쉬고 있는 희망

사막이라는 곳. 그 목마름의 터에서 자신에게 단지 비닐종이 한 장만 주어진다면 당신은 어떻게 하겠습니까?

가만히 우두커니 넋을 잃은 채 서 있을 것입니까?

아니면 한 방울의 물이라도 얻기 위해 뛰어다니겠습니까?

비닐종이 한 장을 내동댕이치며 '이런 걸 가지고 뭘 어떻게 하라고'라는 탄식만 하기에는 너무 섣부릅니다. 하찮은 비닐종이 한 장이라도 당신을 살리기에 충분하기 때문입니다.

먼저 모래를 물기가 약간 생길 때까지 계속해서 파들어갑니다. 그렇게 어느 정도 파고 나면 물이 조금 고인 곳이 나옵니다.

물론 이 물은 독성이 있기에 먹을 수 없습니다.

그러나 그 위에 비닐종이 한 장을 살짝 엎어두면 몇 시간쯤 흐른 후에는 물이 증발되면서 비닐종이 뒷면에 이슬방울들이 송송 맺히게 됩니다.

비닐종이에 맺힌 그 물은 독성이 완전히 제거된 물일 뿐 아니라 당신이 목을 축이기에 충분한 양입니다.

나는 그 비닐종이 한 장을 '희망'이라는 단어로 바꿔보았습니다. 우리의 삶이 깊고 깊은 상처를 입어 더 이상은 견디기 힘든, 생의 막다른 골목에 다다랐을 때에도 우리에게는 비닐종이 한 장쯤은 있게 마련입니다. 아무리 절박한 삶의 골목 끝에 몰렸을지라도 우리에게는 희망 하나쯤은 반드시 있게 마련입니다.

당신에게도
희망 하나쯤은
반드시 있을 거예요.

내가 먼저
그런 친구가 되어야

삶이 무의미하게 느껴지고 내 인생이 지극히 초라하게 느껴질 때
는, 세상 어떤 어려움도 함께 나눌 수 있는 친구 하나 갖지 못했구나
하는 생각이 들 때.

하지만 그보다 더 비참하고 슬퍼지는 시간은, 나 자신 또한 어느
누구에게도 그런 친구가 되어주지 못했다는 사실을 깨닫게 되는 순
간입니다.

날씨와도 같은
삶

세상사는 마치 날씨와도 같은 게 아닌가 하는 생각이 듭니다.

대부분의 사람들은 맑게 개인 날만 계속되기를 바랍니다. 허나 날씨라는 것은 그렇지 못해 태풍도 불고 비바람, 눈보라도 있게 마련이지요. 하지만 어떤 태풍도 한 달 이상 계속되지는 않습니다. 세찬 비바람과 눈보라도 여간해서는 며칠을 넘기지 못하고요.

설령 몇 달 동안 계속 햇빛이 내리쬐는 맑은 날만 계속되었다고 칩시다. 하지만 그것 또한 슬픈 일이 아닐 수 없습니다. 매일 날씨가 좋아 햇살만 내리쬐면 그 땅은 이내 사막이 되어버리니까요.

비바람과 폭풍은 귀찮고 혹독한 것이지만 그로 인해 씨앗은 싹을 틔웁니다. 당신의 삶 또한 그와 다를 바 없습니다. 견디기 힘든 시련과 아픔이 삶의 여정 중에 왜 없겠습니까. 하지만 그 시련과 아픔은 필히 당신이라는 거목을 키우기 위한 밑거름입니다. 삶은 오늘 내리는 비바람과 폭풍우 속에서 맑게 갠 내일의 아침을 엿볼 수 있는 사람의 몫입니다.

사람과
사람 사이의 길

동네 외진 곳에 거의 비슷한 시기에 두 채의 집이 지어졌습니다.
두 집이 거의 완성될 무렵 두 집의 주인은 집과 집 사이의 길을 어떻
게 할지 이야기를 나누었습니다. 하지만 두 사람의 의견이 맞지 않
아 돌투성이인 집과 집 사이를 그대로 방치해둘 수밖에 없었지요.
그런데 시간이 점차 흘러갈수록 사람들이 두 집을 왕래하게 되었고,
자연스럽게 두 집 사이에는 길이 생겨났습니다.

처음에는 존재하지 않았던 길, 그런데 사람들이 오가는 그러한
자연스러움으로 인해 길이 생겨난 것입니다.

사람과 사람 사이의 보이지 않는 길 또한 마찬가지입니다.

누군가 내게 먼저 다가오길 기다리기만 하면 그 길은 열릴 까닭
이 없습니다. 내가 한 발 먼저 내딛는 발걸음은 그 길을 우정이라는
신작로로 만들고, 상대방이 먼저여야 한다는 이기심은 그 길을 무관
심이라는 비포장도로로 만들 것입니다.

세상은
살 만한 곳

오랜만에 아침 일찍 일어나 창문을 활짝 열었습니다.

쏴아, 하고 밀려드는 바람······.

그 시원함을 느끼며 여태껏 나는 내 곁에 존재하는 참 많은 것들을 잊고 살아왔구나, 하는 생각을 했습니다.

목마름을 씻어주는 냉수 한 모금, 유리창 사이로 스며든 햇살 한 줌, 나를 필요로 하는 일터, 나보다 더 나를 사랑하는 사람들······.

그동안 잊고 지냈던 내 인생에 주어진 많은 것들.

그것들에 감사하는 마음으로 여는 아침.

혼자서 나지막이 되뇌어본 말······.

그래도 세상은 참 아름다운 곳이야.

실패에 들어 있는
성공의 씨앗

다른 사람에게는 늘 성공과 행복만이 넘쳐나는데 왜 신은 자신에게는 그렇게 해주지 않는지를 한탄하는 한 사람이 있었습니다.

그 사람이 친구에게 물었습니다.

"신은 왜 다른 사람에게는 성공하는 법을 잘도 가르쳐주면서 나에게는 결코 가르쳐주지 않는 것일까?"

친구는 대답했습니다.

"신은 늘 자네에게 그 방법을 아주 친절하게 가르쳐주고 있다네. 다만 실패를 통해서 성공하는 방법을 가르쳐주고 있는 것뿐이라네."

지금 자신에게 일어나는 모든 일은 참으로 좋은 일입니다.

좌절과 실패는 인생 설계도에서 기초공사에 해당하는 중요한 것입니다.

신은 언제나 실패 안에 절망과 좌절보다는 더 많은 교훈과 더 값진 가르침을 넣어둡니다.

지금 그대 앞에 놓여진 실패, 그 실패를 통해 신은 끊임없이 성공을 가르쳐주고 있습니다.

그렇다면 과연…….

당신은 실패 그 안에서 일부러 애써 절망과 좌절만 골라 먹는 사람입니까? 아니면 교훈과 가르침이라는 풍부한 인생의 비타민만 골라먹는 사람입니까?

행복
유예선언

'유예선언'이라는 말이 있습니다. 당분간은 미룬다거나 언제까지 보류해둔다는 말이지요. 사람들은 행복에 있어서도 이 유예선언을 한 채 행복을 미루거나 보류해두려는 습성을 가지고 있습니다.

막연히 '내게도 행복한 때가 오겠지' 하고 이 다음에 행복해지기를 바라는 사람에게는 행복도 찾아가기를 꺼립니다.

지금 당신의 현실은 다이아몬드가 아닐지 모릅니다. 하지만 당신에겐 다이아몬드보다 더 휘황찬란한 일상이 있습니다. 늘 곁에서 힘을 북돋워주는 가족, 아침이면 출근할 직장을 가지고 있다는 것, 오랜만에 떠오른 밝은 보름달을 바라볼 수 있는 당신의 일상. '행복 유예선언'으로 자신에게 주어진 행복을 미루지 말고 당신의 일상에 참행복이 있다는 사실을 깨달으시길……. 그렇지 않다면 먼 훗날 당신의 묘비명엔 이런 글이 적힐지 모르기에…….

'오늘은 늘 행복하지 못하고 내일은 행복해질 거라 굳게 믿었던 사람 여기 잠들다'라고.

가장 소중한
희망

어느 미술전시회장에 특이한 그림이 하나 걸려 있었습니다.

한적한 사막에 한 여인이 앉아서 첼로를 연주하고 있는 이 그림은 사람들에게 많은 가르침을 주었습니다. 그 여인의 한쪽 눈은 안대로 가려져 있고, 첼로를 연주하고 있었지만 그 첼로는 줄이 달랑 하나만 남겨진 채 나머지는 다 끊겨 있는 것이었습니다.

그림의 밑부분에는 이런 제목이 적혀 있었습니다.

희망

최악의 절망적인 상황에서도 마지막 남은 한 줄을 믿고 연주를 멈추지 않는 희망이라는 그림. 그 그림은 바로 우리들 삶의 밑그림일 것입니다. 여기가 끝이다, 더 이상은 못 간다며 넘어지려는 절망적인 상황. 그 상황에서 무릎 털고 일어나 다시 자신의 길을 걷는 사람.

희망이 있기에 그의 삶은 아름답습니다.

희망,
그 아름다움

아무리 생각해봐도 나는 이해할 수 없습니다.

같은 상황 속에서도 어떤 사람은 '희망'에 초점을 맞추고 살아가는 반면 어떤 사람은 왜 '절망'에 초점을 맞추고 살아가는지를……

미국의 한 외과의사는 심각한 병에 걸려 현대 의학으로는 치료할 수 없는 상태에 이른 환자에게 불치병에 걸렸다고 말하지 않고 이렇게 말했습니다.

"당신은 이 병을 이겨낸 최초의 사람으로 남고 싶지 않습니까?"

그의 말을 들은 환자는 놀랍게도 같은 병에 걸린 다른 환자들보다 더욱 밝고 건강해지더니 수명도 더 연장되었다고 합니다.

『몽테크리스토 백작』의 작가 알렉상드르 뒤마는 "모든 인간의 지혜는 기다림과 희망이라는 두 가지 말로 요약된다"라고 했습니다.

희망, 그것이야말로 내가 이 땅에 살아 있음의 증거입니다.

'지금'에
충실한 삶

미국 프로야구팀 뉴욕 메츠에는 마이크 피아자라는 선수가 있습니다. 한때 박찬호 선수와 LA다저스에서 배터리로 활약했던 마이크 피아자는 미국 프로야구에서 최고의 연봉을 받는 선수입니다.

하지만 그런 그에게도 무명이라는 길고 긴 터널이 있었습니다. 그가 지금의 영광이 있기까지 가졌던 마음가짐은 우리에게 많은 것을 가르쳐줍니다. 무명 시절 우리 돈으로 1500만 원 정도의 연봉을 받고 입단했던 피아자는 그 혹독했던 후보 시절을 이렇게 회상합니다.

"그 시절 난 매일 거울을 보며 다짐했죠. 10년 후에 거울을 봤을 때 '그때 더 열심히 했어야 했는데……' 하는 후회를 결코 하지 않겠다고……"

먼 훗날 자기 자신을 돌아보며 잘 살았다고, 열심히 살아왔다고 흐뭇한 미소를 지을 수 있는 삶은 얼마나 아름다운 삶입니까? 방법은 '지금'이라는 이 시간을 좀 더 충실히 사는 것밖에 없습니다.

그리고 행복한 순간에도

지금 내 곁에 있는
숱한 행복

사람들에겐 수많은 의무가 주어져 있습니다.

하지만 그 수많은 의무 중 우리의 인생에서 가장 과소평가되고 있는 의무가 하나 있습니다. 그것은 바로 행복해져야 하는 의무입니다.

우리에게 가장 큰 행복을 주는 것은 어딘가에 숨어 있는 비밀스러운 것들이 아닙니다. 이미 자신에게 주어져 있는 것을 충분히 즐길 수 있는 것. 그보다 더 소중한 행복은 없습니다.

하지만 우린 그 사실을 너무도 자주 잊고 맙니다.

그래서 18세 나이에 투병생활을 마친 주희 양의 글을 볼 때면 안타까움이 더합니다.

다치기 전에는 숨을 쉬고 산다는 것조차 행복이 될 수 있다는 걸 몰랐다. 그러나 이젠 없어서 슬프기보다, 조금이라도 있음을 기뻐하고 싶다. 이제 이야기해주고 싶다. 주어진 것에 만족할 줄 모르는 이에게 평범 그 자체, 자기가 가지고 있는 모든 것이 축복임을……

지금 자신의 곁에 널려 있는 숱한 행복들을 찬찬히 헤아려보기를. 그 안에 참행복이 있다는 사실을 이제는 깨닫게 되기를.

친절한
안내자

"크고 작은 걸림돌에 걸려 넘어지려 할 때, 어떤 문제가 나를 좌절하게 만들 때, 나는 도리어 스스로에게 이야기하곤 해. '내게 주어진 이 곤란함들에 감사해라'라고……."

언젠가 소중한 내 친구가 나에게 한 말입니다. 나는 그 친구의 말을 듣고 '넌, 네 자신과의 한판 싸움에서 그럴듯하게 이겨가고 있구나' 하는 생각에 미소를 지었습니다. 우리가 사는 동안에 부딪치게 되는 모든 시련과 고난, 그것은 우리를 쓰러뜨리기 위해 존재하는 것이 아니라 우리를 더욱 단련시키기 위해 존재하는 것일 테니까요.

사람의 마음과 능력은 근육 같은 것입니다. 외부의 힘이 계속해서 가해질 때 근육은 더욱 알차고 단단하게 단련되는 법. 지금 당신 앞에 닥친 시련도 그처럼 당신의 삶을 더욱 알차게 해주는 고단위 영양제인 셈입니다. 이제 눈을 크게 뜨고 시련과 어려움을 똑바로 보십시오. 그 시련과 어려움은 당신을 꿈의 도시로 초대하는 친절한 도로 표지판 같은 것이니까요.

지치고 힘들 때

미소의
소중함

우리들 누구나 가지고 있는 소중한 것이 하나 있습니다. 타인에게 아무리 주어도 결코 줄어들지 않는…… 하지만 받는 사람은 충만해지는…… 전깃불처럼 돈이 드는 것이 아님에도 사람의 가슴을 더 환하게 비추어주는 것.

그것은 바로 타인에게 베푸는 친절과 해맑은 미소입니다.

하지만 아무런 자본과 아무런 재능도 필요치 않는 이것들을 정작 잘 사용하는 사람은 드뭅니다. 세상의 많은 실패들이 이것들을 사용하는 데 인색함에서 비롯되었음을 아는 사람은 그다지 많지 않습니다.

더 이상 주저하거나 머뭇거리지 마십시오. 죠페티가 인생의 끝에 다다랐을 때 이런 한탄을 했다는 사실을 안다면…….

이제야 친해진 미소, 친절, 기쁨이라는 소중한 벗을 험하디험한 길을 걷던 예전에 사귀었다면 내 인생이 송두리째 바뀌었을 것을…….

시련과
장애물이 없는 삶은

사람들에게는 참 묘한 습관이 있습니다.

지금 자신에게 닥친 일을 제일 크고 힘겨운 것처럼 느끼는 습관.

시간이 조금 흐르면 이내 '내가 왜 그깟 일로 그렇게 힘겨워했지?'

하는 의문을 가질 정도의 일임에도 불구하고 말이지요.

우린 지금 우리 앞에 닥친 일의 어려움과 힘겨움들을 너무 과대

평가하는 경향이 있습니다. 그런 점에서 우리는 알프레드 드 수지의

말을 눈여겨볼 필요가 있습니다.

오랫동안 나에게는 진짜 인생이 곧 시작될 것같이 보였습니다.

언제나 내 앞에는 장애물이 놓여 있었고 먼저 통과해야 할 무

언가가 있었습니다. 미처 끝내지 못한 일, 갚아야 할 빚, 시련과

슬픔……. 이 순간만 지나면 새로운 인생이 시작되리라 믿었습

니다. 그러나 결국 나는 깨달았습니다. 바로 이러한 시련과 장

애물들이 나의 인생이라는 사실을…….

우린 언제나 시련과 어려움을 가지고 살아가지만 그 시련과 어려움은 늘 우리에게 살아가는 지혜와 축복 같은 교훈을 안겨줍니다. 시련과 장애물이 없는 삶은 파도가 치지 않는 바다와 같습니다.

고요하지만 지극히 단조로운 삶.
어떻습니까? 그런 삶을 살아가기에는 그대의 심장 소리가 너무 크고 활기차지 않은지요.

인생에서
가장 소중한 것

때론 이런 공상을 해보곤 합니다.

갑자기 지구 최후의 날이 닥쳐 누구에게든 단 한 가지만을 지구 밖으로 가지고 나갈 수 있는 자유가 허락된다면 과연 나는 무엇을, 누구를 데리고 나갈 것인가 하는 공상을.

무엇을 챙겨갈지, 누구를 데리고 갈지 많은 고민을 한 끝에 어렵게 결론을 내리고 나면 한 가지 안타까운 생각이 들곤 합니다. 지구 최후의 날 챙겨갈 만큼 나에게 중요한 것과 중요한 사람임에도 불구하고 나는 그동안 그 소중함을 잊고 살아왔다는 안타까움⋯⋯.

그래서 이런 공상을 할 때마다 나는 다시금 그것들을 위해 내 안에 있는 사랑의 온기들을 불어넣곤 합니다.

지금 한번 지구 최후의 날이 닥쳤다고 가정하고 가지고 갈 단 한 가지와 단 한 사람을 생각해보시기를⋯⋯. 그리고 그대가 생각한 그것을 더없이 사랑하기를⋯⋯. 지금 생각한 그것이야말로 그대의 인생에 있어 가장 소중한 것이므로.

단조로운
삶이란

　교통사고가 가장 잦은 곳은 사람들이 생각하는 것처럼 혼잡한 도
로나 급커브가 아니라고 합니다. 역설적이게도 사고가 가장 많이 나
는 곳은 확 뚫린 도로, 굴곡도 없고 너무 단조로워 운전대만 잡고 있
어도 괜찮은 그런 도로라고 합니다.

　너무도 쉽고 단조로우므로 운전자가 딴 곳에 신경을 쓴다거나 졸
기 때문이지요.

　우리 삶도 매한가지입니다. 기나긴 삶의 여정 중에 왜 급격한 경
사와 위험천만한 일이 없겠습니까?

　하지만 그 어려운 길이 오히려 우리 삶을 깨어 있게 만들고 더 나
은 운전실력을 길러주는 법입니다.

　바꾸어 말하면, 너무도 단조롭고 쉽게 뚫린 평탄한 길을 달리고
있는 그 순간이 우리 인생의 가장 위험천만한 순간일지도 모릅니다.

　항상 깨어 있는 두 손으로 삶이라는 운전대를 잡으시길…….

삶이라는
잘 차려진 밥상

언제나 그렇지요. 삶이라는 것도, 사랑이라는 것도.

늘 함께할 때는 그 소중함을 모르고 잃어버린 후에야 비로소 그
소중함을 알게 되는…….

영화 〈그래도 삶은 계속된다〉에서의 대화도 그런 우리의 못남을
잘 말해주고 있습니다.

늙기 전엔 아무도 젊음이, 삶이 좋은 줄을 몰라.
죽기 전엔 삶이 얼마나 고마운 건지 모르지.
무덤에서 살아 돌아온다면
사람들은 누구나 다 전보다는
훨씬 더 열심히 살아갈 거야.

우리 앞에 펼쳐진 삶은 항상 풍성하게 펼쳐진 잔치 같은 것입니
다. 그럼에도 곧잘 삶이 결코 아름답지도, 살아볼 가치도 없다고 느

껴지는 것은 왜일까요?

그건 결코 삶이 빈약한 잔치이거나, 황폐한 잔치이기 때문이 아닙니다. 삶에 초대된 우리들이 그 잔치를 즐기려 하지 않기 때문이지요.

어떤 잔치에 아무리 좋은 음식과 재미있는 일이 있더라도 우리가 흥미를 가지고 있지 않다면 그 잔치는 결코 아름다울 수도 재미있을 수도 없습니다.

지금 당신 앞에는 삶이라는 잘 차려진 밥상이 하나 있습니다.

그 밥상 앞에서 과연 당신은······.

흥미를 가지고 휘파람을 불며 임하고 있습니까, 아니면 무관심해 시큰둥한 반응으로 임하고 있습니까.

초등학교 교과서에 실린 시

때로는 가장 소박하고 평범한 것이 가장 큰 진리가 되기도 합니다.

얼마 전 아이들을 가르칠 자료를 찾다가 '그래'라며 혼자서 고개를 끄덕인 적이 있습니다. 미국의 초등학교 교과서에 실린 시였는데 아이들뿐 아니라 세상을 살아가는 모든 사람들에게 필요한 시처럼 느껴졌기 때문입니다.

마음은 마치 문과 같아서
매우 작은 열쇠로도 쉽게 열릴 수 있답니다.
잊지 마세요.
그 열쇠들 중 가장 중요한 두 가지 열쇠는
'고맙습니다'와 '안녕하세요'라는
미소띤 말이라는 것을.

우리는 왜 그토록 자주 잊고 사는 걸까요.

누군가 나에게 지어주던 맑은 미소 한 줌이 자신이 살아가는 데

어떤 영양제보다도 더 큰 힘을 준다는 사실을 경험을 통해 그토록
잘 알고 있음에도…….

걱정증
환자

언젠가 본 달력에 이런 글이 적혀 있었습니다.

걱정이란 아직 때도 되지 않은 청구서에 대한 이자이다.

사람들이 늘 미리 앞서 하는 걱정이라는 정의를 잘 내려놓았기 때문이기도 하지만 지금도 그 글이 잊히지 않는 것은 걱정에 대한 그 글이 다른 곳도 아닌 달력에 적혀 있었다는 점입니다.

폐기처분해도 좋을 걱정이라는 것을 사람들은 365일 안고 살아간다는 역설적인 뜻처럼 느껴졌기 때문입니다.

그 모든 걱정들을 돌아볼 때면, 임종 때 이런 이야기를 했다는 노인이 생각납니다.

"일생 동안 온갖 걱정을 안고 살았지만 대부분은 결코 일어나지 않은 일이었구나."

윈스턴 처칠의 말처럼 우린 늘 앞서 걱정하고 실제로는 일어날 가능성이 희박한 일임에도 불구하고 우리의 머릿속으로 자꾸만 부풀려 생각하기 일쑤입니다.

우리의 삶을 짓밟는 것은, 우리의 환경이나 가난이나 질병이라기보다는, 풍선껌처럼 자꾸만 키워가는 걱정이라는 암세포가 아닐까요?

그대의 삶을 진정으로 어렵게 하는 것은 그대 앞에 놓여진 현실이 아니라 언제나 한 발 앞서 가고, 언제나 부풀려 생각하기를 좋아하는 걱정이라는 불량 친구입니다.

뒤돌아보십시오.

지금 그대는 만성 걱정증 환자는 아닌지.

삶과의
길고 긴 로맨스

삶, 그랬습니다.

그것은 언제나 내가 하고 싶은 대로 해준 적 한 번 없고 내가 가고픈 길로 가고 싶다 이야기할 때도 가만히 있어준 적 한 번 없었습니다. 오히려 늘 허한 가슴으로 알 수 없는 목마름에 여기저기를 헤매게만 했지요.

삶, 그랬습니다.

돌이켜보면 나는 늘 내가 준 사랑만큼 삶이 내게 그 무엇을 주지 않아 적잖이 실망하기도 했습니다. 하지만 어디 그런 사람이 나뿐이겠냐 하는 생각에 '그래도……' 하며 늘 다시 한 번 고쳐 살곤 했지요.

삶은 늘 그렇게 내 짝사랑의 대상이었습니다.

오늘도 나는 실망만 하고 말지라도 이미 나의 습관이 되어버린 그 일을 그만둘 수는 없을 것 같습니다.

조금은 외롭고, 조금은 슬프고, 조금은 아플지라도 그 삶과의 길고 긴 로맨스를 다시 시작해야겠지요.

다시 살아갈 수 있는
힘이 되어주는 것

세상사에 고단해 지친 이에게, 현실이 기쁨보다 무거운 절망만을 안겨준다고 고개 떨구는 이에게 권종남 씨의 『어린 왕자 또 하나의 이야기』의 한 구절을 귀엣말로 들려주고 싶습니다.

애벌레가 아름다운 건
나비가 될 수 있을지도 모른다는 희망 때문일 거야.
그리고 나비가 아름다운 건
그렇게 오랫동안 희망을 키웠기 때문이야.

꿈이, 희망이 인간을 배부르게 하지는 못합니다. 하지만 꿈과 희망은 우리에게 현실을 이겨낼 수 있는 넉넉한 힘을 선물하지요. 꿈과 희망은 자동차를 움직이거나 기계를 돌리지는 못하지만 우리에겐 석유나 석탄보다 몇십 배 더 소중한 자원이 되어줍니다.

힘겨운 현실 속에서 그래도, 그래도 하며 다시 한 번 고쳐 살 수 있는 것. 그것은 그대가 오랫동안 키워온 꿈이 있기 때문입니다.

지치고 힘들 때

삶이라는
벽돌들

내 나이 열다섯 때, 아버지께서는 높이 3미터, 넓이 10미터의 벽을 쌓으라고 하셨죠. 3개월 만에 겨우 완성한 그 벽⋯⋯.

돌이켜보면 난 아버지가 사고라도 당하기를 바랄 정도로 많이 원망했습니다. 설마 병상에서 벽을 쌓았냐는 그런 질문을 하시진 않으셨을 테니까요.

하지만 결국에 우린 그 벽을 다 쌓을 수밖에 없었죠. 아버지는 "보렴. 못하겠다는 말 이전에 먼저 작은 것부터 시작하는 거야."라고 말씀하셨죠.

그랬습니다. 벽돌은 한 번에 한 장씩밖에 쌓을 수 없었습니다. 하지만 그것은 언젠가는 벽이 되었습니다.

난 많은 것을 배웠고 이제 알 수 있습니다. 이제 난 벽 따위에는 관심이 없다는 것을.

다만 작은 그 하나하나의 벽돌에 집중하면 된다는 것을⋯⋯.

삶은 크고 거창한 것이 아니라 작고 하찮은 것들을 소홀히 하지 않는 것이라는 사실을 잘 가르쳐주는 미국 어느 잠언 시인의 이야기입니다.

　언제나 우리가 소홀히 하고 대수롭지 않게 여겼던 작은 것들이 실상 얼마나 소중한 삶의 보석들이었던지요. 작은 실 조각 하나가 모여 아름다운 드레스를 만들어내듯 우리 삶의 조각보는 작은 것들의 위대함이 있을 때에 비로소 아름다울 수 있습니다.

　작은 것 하나를 소홀히 하지 않고 성실히 모자이크해나갈 때 당신의 삶은 햇살에 매끄러운 몸을 빛내는 조약돌 같은 반짝이는 아름다움일 수 있습니다.

희망은 우리에게
모든 일이 가능하다고 말한다

패배와 절망의 연결고리.

실패와 실망의 연결고리는 사람이 살아가는 동안 늘 겪게 되는 통과의례 같은 것입니다.

패배와 실패를 겪고 난 후 기쁘다고 말하는 사람은 아무도 없습니다. 허나 그것들이 비록 기뻐해야 할 것은 아니라도 우리는 그것들에 때론 감사하는 마음을 가져야만 합니다.

알다시피 비오지 않은 후에는 찬란한 무지개가 뜨지 않고, 잎의 헌신 없이는 탐스러운 열매가 맺히지 않으니까요.

링컨은 상원의원 선거에서 패배한 후 이런 말을 했다고 합니다.

"내가 걷는 길은 언제나 험하고 미끄러웠다. 그래서 나는 자꾸만 미끄러져 길 밖으로 곤두박질치곤 했다. 그러나 나는 곧바로 기운을 차리고 내 자신에게 이렇게 말했다. '길이 약간 미끄러울 뿐이지 낭떠러지는 아냐' 하고."

일어서십시오. 당신의 숨이 붙어 있는 한 절망의 낭떠러지는 없습니다. 희망은 우리에게 모든 일이 가능하다고 가르치고 절망은 우리에게 만사가 곤란하다고 가르치니까요.

용서에
관하여

일본 작가 미우라 아야코의 소설 『빙점』은 우리에게 많은 것을 생각하게 만듭니다.

소설의 끝머리에서 주인공은 자신이 사생아라는 것을 알고 절망합니다. 자신의 출생을 알게 됨으로써 삶의 의미를 상실하게 되고, 어머니를 도저히 용서할 수 없다며 분노를 이기지 못합니다. 결국 주인공은 지상에서의 삶을 마감하려 결심하고 몹시 추운 날 눈 덮인 산을 오릅니다.

산 언덕에 온 그는 문득 돌아서서 자신이 걸어온 발자국을 바라보게 됩니다. 분명히 자신은 앞만 보고 똑바로 걸어왔다고 생각했는데 눈 위에 널린 발자국은 비뚤고 흐트러져 있었습니다.

주인공은 자기가 걸어온 눈 위의 발자국, 분명히 바로 걸어왔다고 생각했지만 흐트러져 있는 그 발자국을 보면서 모든 것을 이해하게 됩니다.

자신의 지난 과거도……

또한 용서할 수 없을 것만 같았던 자신의 어머니도…….

지치고 힘들 때

용서란 타인을 너그럽게 봐주는 것이 아니라 흐트러진 자신을 거두어들이는 것이라는 말이 있습니다.

또 용서하지 못하는 자는 훗날 자신이 건너야 할 다리를 부수어 버리는 것과 같은 어리석은 사람이라는 말도 있습니다.

되돌아볼 일입니다.
지독히도 옹졸했던
우리들의 마음을……

포기하는 순간
끝나버리는 사람의 인생

이제 나는 웬만한 실패에는 좌절하지 않을 수 있게 되었습니다.

실패할 때마다 '이제 내 인생은 여기에서 끝났구나' 하고 걱정했지만 아직까지도 내 인생은 현재진행형입니다.

이제는 나도 알게 되었습니다.

사람의 인생은 실패했을 때 끝나는 것이 아니라 포기해버리는 순간에 끝나버린다는 것을…….

바라고
또 바랍니다

　내 가는 길이 비록 험난하여도, 순풍에 돛 단 듯 그런 순조로운 길이 아니라 가는 길마다 거추장스러운 자갈밭 길이라 해도 절망하거나 고개 떨구지는 말자.

　그저 누구나 저마다의 길이 있음을, 이것이 내 길임을 기억하며, 쉬어갈 때는 있어도 주저앉지는 말자.

　그래서 먼 훗날…… 그 모든 것들이 내 인생의 한 부분이었음을, 힘들고 괴롭기만 했던 그 길들이 내 삶의 보석이었음을 인정할 수 있게 되기를 나는 바라고 또 바랍니다.

그리고 행복한 순간에도

너의 상처를
별로 바꾸어라

영국에 오래전부터 전해오는 멋진 격언이 하나 있습니다.

Turn your 'scar' into a 'star'
너의 상처를 별로 바꾸어라

존 버니언이라는 사람은 33세 때 종교재판으로 인해 감옥에 투옥되었습니다.

13년 간의 투옥 생활은 그에게 가장 침울한 시기였지만 그는 그 안에서 책을 쓰기 시작했습니다.

그 책이 바로 역작 『천로역정』입니다.

훗날 그는 이렇게 말했습니다.

"젊은 시절 그토록 찾아다녔던 보물을, 나는 시련이라는 감옥 안에서 찾을 수 있었습니다."

결국 그는 자신에게 생긴 상처를 탓하고 좌절하기보다는 그것을 아름다움으로 승화해낸 것입니다.

누구에게든 상처는 있습니다.

다만 그 상처를 별로 만드는 사람이 있는 반면 절망으로 만드는 사람이 있습니다.

당신은 그들과 같은 처지일 때 어느 쪽을 선택하는 사람인지요.

공중전화 카드 같은
인생

　인생은 공중전화 카드와 같은 것이 아닌가 하는 생각을 해보았습니다.

　수화기를 들고, 얼마의 돈이 적립되어 있는 카드를 넣고 번호를 누르고 나면 통화가 시작되지요. 일정한 시간이 흐르면 전화카드에 적립되어 있는 액수에서 70원이라는 숫자만큼 계속 줄어듭니다.

　그런데 재미있는 점은 상대방에게 이야기를 하든 하지 않든 간에 70원이라는 액수만큼은 계속해서 줄어든다는 점입니다.

　공중전화 카드가 우리의 인생처럼 느껴지는 이유가 바로 여기에 있습니다.

　삶이라는 무대에서는 혼신의 힘을 다해 열심히 살아가든 아니면 아무 것도 하지 않은 채 해가 뜨면 일어나고 대충대충 생활하다 밤이면 잠자리에 드는 생활이든, 똑같은 양의 시간이 계속해서 흘러간다는 것이지요.

　마치 공중전화 카드의 잔고수가 말을 하든 하지 않든 간에 자꾸만 줄어드는 것처럼……

우리네 인생전화 카드의 잔고는 지금도 자꾸만 줄어들고 있습니다. 수화기를 드는 순간부터 하고 싶은 말, 할 수 있는 말을 마음껏 할 수 있는 인생이 되기를 바랍니다.
　아무 것도 하지 않은 채 카드에 적힌 잔고가 떨어져가는 것만 멍하니 바라보고 있는 인생이 아닌…….

게으름이라는
고래

　옛날 어부들은 폭풍보다도 '레모나'라고 하는 고래를 더 무서워 하였다고 합니다. 이 레모나는 제아무리 커다란 배라도 지나가지 못 하게 할 정도로 커다란 힘을 지녔기 때문이었습니다.

　라 로슈코프는 그의 잠언집에서 레모나를 이렇게 비유했습니다.

　"레모나라고 하는 이 고래와 같은 훼방꾼이 우리의 마음속에도 가끔 나타나곤 한다. 쇠도 끊고 돌도 뚫을 만한 사람의 의지와 열정도 그 훼방꾼과 마주치면 즉각 힘을 잃어버리고 만다. 사람의 마음속에 있는 레모나는 바로 게으름이다. 게으른 마음이 한번 고개를 들면 어떤 힘찬 정열과 의지도 삼켜 버린다. 그리고 모든 미래와 장래가 그 게으른 마음의 손아귀에 서 벗어날 수 없게 되어버린다."

　게으름과 태만에게 우리가 쉽게 넘어가는 이유는 그것들은 항상 '이번 한 번쯤은 괜찮아'라고 유혹하기 때문입니다.

지치고 힘들 때

사소한 '이번 한 번', 그것이 조금씩 우리들의 습관을 갉아먹고
그 습관은 우리들의 인생을 송두리째 뒤엎어버릴 만큼 충분한 것임
을 잊지 마시길…….

내 인생의
시간들

　스위스의 한 노인의 글을 보고 한동안 충격에서 빠져나올 수가 없었습니다. 그 노인의 글은 인생 말기에 자신의 80년 동안의 삶을 시간으로 계산한 것이었습니다.

　잠자는 시간 26년, 식사 6년, 세수를 한 시간 228일, 넥타이를 맨 시간 18일, 다른 사람이 약속을 어겨 기다린 시간 5년, 멍하니 공상으로 보낸 시간 5년, 담뱃불을 붙이는 데 소비한 시간 12일

　곰곰이 생각해보았습니다. 내 인생에 낭비되어지는 수많은 시간들을……

　우리가 의식하지 못하는 사이에 시간은 흘러만 가고 있습니다. 한 사상가는 시계의 '똑딱똑딱' 하는 소리를 죽음이 다가오고 있음을 알리는 신호라고 비유했습니다.

　소중한 내 인생을 낭비하지 않으며 살아가는 것. 방법은 없습니다. 하루하루 좀 더 분발하며 살아가는 것 외에는……

지치고 힘들 때

삶은 머리가 아닌
가슴으로 사는 것

참 다행스런 일입니다.

비록 누군가에게 돈이나 물질을 줄 만한 능력은 없지만

누군가에게 자신이 별 볼 일 없는 존재가 아니라는 사실을

느낄 수 있도록 해주는 미소와

칭찬의 말 한마디를 가지고 있다는 사실은……

먼 훗날의
상상

가끔 이런 상상을 해보곤 합니다.

'내 나이 환갑이 되는 날, 내게 아무 부름을 받지 않고도 가벼운 걸음으로 찾아와줄 친구가 과연 몇 명이나 될까' 하는……

일 때문에 찾아오는 것이 아닌, 조그마한 이해관계도 얽히지 않은 사이임에도 찾아와주는 그런 사람 말입니다.

그 대답에 쉬이 긍정할 수 없는 나의 생활을 느낄 때면 가슴 한구석에 밀려오는 쓸쓸함을 어쩔 수 없습니다.

그럴 테지요. 그 물음에 웃으며 뿌듯한 마음을 가진 사람처럼 성공한 인생이 어디 있겠습니까?

이제부터 더 분발해서 살아야 할 것 같습니다. 더 많은 이들에게 내 온기가 담긴 손을 내밀고, 머리가 아닌 가슴으로 한 걸음 더 다가서면서……

인생이라는 학교에서의
필수과목

　세상 모든 것들은 행복과 불행, 기쁨과 슬픔, 환희와 절망 등의 양극단으로 나뉘게 마련입니다. 우리가 의식하고 있든 아니든 그것은 부인할 수 없는 하나의 사실입니다.

　하지만 이 양극단의 어느 것 하나도 늘 우리 곁에 머물러 있지는 않습니다. 이것들은 우리의 삶을 수시로 오가며 때로는 웃음을, 때로는 눈물을 선사함에도 우리는 늘 행복보다는 불행, 기쁨보다는 슬픔을 더 먼저 느끼고 더 많이 반응하는 편입니다. 이런 버릇들로 인해 우리의 삶은 더욱 지쳐가고 있을지 모릅니다.

　고개를 가로저어봅니다. 우리는 왜 '행복', '기쁨'만을 움켜쥐려고 그토록 발버둥을 치는 건지……. 인생이라는 학교에서는 고난과 눈물이 필수과목이라는 것을, 살아 있기 때문에 흘리게 되는 눈물, 그 눈물이 때론 살아가는 힘이 되어준다는 사실을 왜 인정하지 않는 것인지…….

　우리에게 슬픔이 있기에 기쁨이 더욱 값지고, 힘든 오늘이 있기에 내일이 더더욱 기대됩니다.

성실이라는
보석

이런 생각을 할 때가 있습니다.

고단한 내 현실에 뜻하지 않는 행운이 찾아왔으면 좋겠다는 생각…… . 내 인생을 뒤바꿔버릴 만한 그런 행운이 찾아오는 상상을…… .

하지만 나는 그것이 얼마나 부질없는 욕심인가를 알고 있습니다. 세상에서 나 자신이 노력도 해보지 않고 얻을 수 있는 행운이란 그리 흔치 않을 뿐더러, 어떤 행운으로 인해 노력도 없이 물질이나 명성을 얻게 된다 해도 그것은 손안에 쥔 모래와 같을 뿐이라는 사실을 잘 알고 있기 때문이지요.

꼭 움켜쥐었지만 이내 다 빠져나가버리는 손안의 모래…… .

때때로 내가 노력한 것 이상으로 무언가를 성취하거나 얻게 될때면 나는 기쁨보다 오히려 두려움을 느낍니다. 내 노력보다 부풀려져 찾아오는 물질이나 성공은 내 인생에 든 노력과 성실이라는 보물을 하나하나씩 갉아먹고 있다는 생각 때문이지요.

그래서 나는 러스킨의 말을 항상 가슴에 새겨두고 오늘을 살아갑니다.

만약에 당신이 일을 하지 않았는데
보수를 얻었다면
일을 하고도 보수를 받지 못한 사람이
반드시 어딘가에 있을 것이다.

남아 있는 것을
헤아리는 행복

한 정신과 의사에게 편지가 도착했습니다.

편지 주인공은 평소 그 의사와도 안면이 있던 사람으로, 의사는 그가 상당히 어려운 처지에 있다고 알고 있었습니다. 하지만 편지의 내용은 자신에게 힘겨움을 호소하는 내용일 것이라는 의사의 상상을 깨뜨리고 말았습니다.

저는 얼마 전에 사랑하는 남편을 잃었습니다. 하지만 저는 괜찮습니다. 저에게는 아직 자식들이 있으니까요.

저는 청각을 거의 잃어 소리를 잘 들을 수 없습니다. 하지만 시력이 좋기에 책을 읽을 수 있는 자유를 만끽하고 있답니다.

늘 함께 살던 저의 아들이 그만 먼 곳으로 이사를 가버렸습니다. 하지만 덕택에 전화선을 타고 오는 아들의 힘찬 목소리를 감상할 수 있답니다.

얼마 전 주식 값이 엄청나게 떨어져버렸습니다. 하지만 집을 잃지 않았기에 얼마나 다행스러운 일인지 모른답니다.

'하지만', '그럼에도 불구하고' 자신에게 남아 있는 것들을 찬찬
히 헤아릴 수 있는 사람.

그가 곧 행복한 사람입니다.

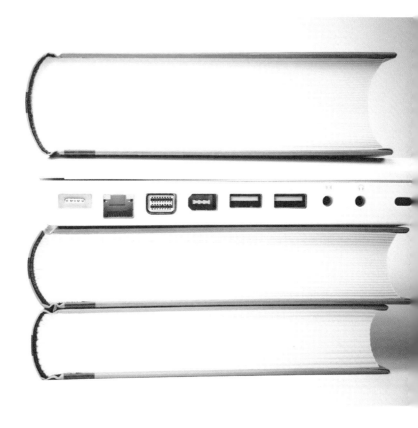

시련과 장애에
맞부딪혔을 때

어떤 스포츠에서든 다양한 작전과 전술이 있습니다.

권투 시합 중 상대방에게 난타를 당했을 때 움직이지 않는 몸을 움직이는 것보다는 클린치를 하는 것이 더 적합한 전술입니다.

상대의 펀치가 무수히 날아올 때 피하려고 뒷걸음질치다보면 결국 펀치를 맞고 KO하게 되지만 상대방을 껴안으면 상대는 더 이상 자신을 쓰러뜨릴 수가 없게 됩니다.

마찬가지 아닐까요?

우리는 살아가면서 무수히 많은 시련과 장애에 부딪치게 되는데 그 시련과 장애를 피해가려고 자꾸 뒷걸음질치면 도리어 그것에 결정타를 맞고 쓰러지게 되고, 그 시련과 장애를 껴안고 몸으로 부딪치면 결코 우리는 그것들에 쓰러지지 않는다는 것은······.

별것 아닌
성공의 비결

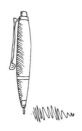

마술을 하는 사람들의 손을 보면 그 신기함에 탄성이 절로 나옵니다. 똑같은 손인데 저 사람의 손은 어떻게 저런 마술을 부릴 수 있을까 신기해하지만, 실제로 트릭이었다는 것을 알게 되면 '저렇게 간단한 것을 왜 몰랐을까' 하는 생각과 함께 별것 아니라며 평가절하하기 일쑤입니다.

성공 또한 마찬가지입니다. 저 사람들은 대단한 사람들이라고 생각하다가도 성공한 사람들이 이야기하거나 쓴 글에서 성공의 비결을 알게 되면 '별것 아니군' 하고 생각하지요.

일찍 일어난다거나, 규칙적으로 생활한다는 것, 모든 일에 성실히 임하는 것, 다른 사람들에게 친절히 대하는 것. 대부분의 사람들이 성공의 비결로 이런 것들을 이야기하기 때문입니다.

그렇습니다. 성공은 이처럼 누구나 다 배웠던 별것 아닌 것을 통해 이루어지지만, 그 별것 아닌 것을 해낸 특별한 사람에게 주어지는 명예입니다.

두 번 다시
지나갈 수 없는 세상

　때론 내 삶의 끝자락에 다다랐을 때, 어떤 일에 '참 잘했구나' 하고 미소를 짓고, 어떤 일에 '그때 그렇게 했었더라면 좋았을 것을……'이라는 후회를 하게 될까 하는 상상을 해보곤 합니다.

　어찌 되었건 세상과 작별을 고할 때, 후회와 미련이 남기보다는 '그래도 내 인생은 좋았다'라고 생각할 수 있는 삶이 되어야겠지요. 삶에는 정답이 없다지만 그래도 누군가 한 이야기가 가슴에 꼭 와닿는 것은 나만의 일은 아니겠지요.

　"만일 내가 베풀어야 할 친절이 있다면, 그것이 비록 지극히 작은 것이라 할지라도, 내가 주어야 할 좋은 것이 있다면 지금 당장 그렇게 하리라. 나는 알고 있기 때문이다. 나는 이 세상을 두 번 다시 지나갈 수 없다는 것을……"

쓸쓸한
말

오랜만에 옛 사진첩을 펼쳐보았습니다. 너무도 아름다웠던 초등학교 시절의 기억들······.

흘러간 것들은 모두 아름답다고 했던가요?

소풍에서 단체로 찍은 사진을 보게 되었습니다. 그렇게 사진을 보다 그 좋던 기억이 한순간 깨어지는 것을 느꼈습니다.

사진을 접한 나는 그토록 좋아했던 선생님도, 그토록 보고 싶은 친구들도 아닌 내 모습부터 찾고 있었던 것입니다.

아직도 무슨 일에든 '나부터 먼저'라는 머릿속 고정된 관념을 버리지 못했나 하는 생각에 그날 온종일 쓸쓸한 기분을 지울 수 없었습니다.

'나부터', '내가 먼저'······.

'나'로 시작되는 모든 말은 참 쓸쓸한 말입니다.

인생이라는
종합선물세트

인생이란 신이 준 종합선물세트가 아닐까 생각합니다. 이 땅에
발 딛고 살아가고 있는 모든 사람에게 예외 없이 준 선물······.

하지만 세상엔 그것을 선물이라 여기지 않고 짐이라 여기며 살아
가는 사람들이 얼마나 많은지요.

그 선물 상자의 포장지를 뜯어 열어보려는 노력조차 귀찮게 여기
기에, 자신의 삶의 무수한 보석을 간과해버리는 사람들은 또 얼마나
많은지요.

소중한
양심

우리 반 교실에서 도난 사고가 일어난 적이 있었습니다. 다른 반보다 시끄럽고 장난도 심한 반이지만 적어도 우리 반 아이들은 정직하고 양심적이라고 믿었던 마음이 깨어질 것만 같았습니다. 어떻게 할 것인가 한참을 고민하던 나는 아이들의 소지품을 검사하는 방법보다는 아이들의 눈을 감게 한 채 이야기를 들려주는 방법을 택했습니다.

어느 인디언의 '양심이란 무엇과 같은가?'라는 이야기였지요.

양심은 모서리가 세 개로 되어 있는 작은 물건과 같단다. 만일 잘못해서 그것을 회전시키면 모서리는 크게 상하고 말 거야. 하지만 잘못된 행동을 계속한다면 나중엔 모든 모서리가 다 닳아지게 되는 것이지. 그리고 결국엔 동그라미가 다 될 때까지 닳아버려도 아무런 감각 없이 당연하게 여겨질 테고……

이 이야기를 끝내면서 '선생님은 돈보다도 더 소중한 너희들의 양심이 그렇게 닳고 낡아 없어지는 것이 안타깝단다'라고 말해주었습니다.

그렇게 이야기를 끝내고 아이들을 집으로 돌려보낸 후 나는 심한 자책감에 시달렸습니다. 내가 아이들에게 가르쳐주고 싶은 소중한 그 무엇을 요즘의 아이들은 잊고 사는 것은 아닌지…….

하지만 그것은 나만의 작은 기우에 불과했습니다.

다음 날 아침, 출근했을 때 내 책상에 놓여 있는 얼마의 돈, 그리고 '선생님 죄송해요'라고 적힌 삐뚤어진 글씨의 편지 한 장.

그 사소한 것들이 오늘도 역시 내가 아이들을 가르치며 살아가고 있는 충분한 이유가 되어줍니다.

우리들의
사랑이라는 것이

　세상의 기후가 늘 햇빛 쨍쨍 내리쬐는 따스한 봄날일 수 없듯 사랑 또한 화창한 날의 그것일 수만은 없습니다.

　나는 우리들의 사랑이 나무 같은 것이기를 바랍니다.

　나무는 자신 이외의 것을 말없이 받아들일 줄 아는 미덕을 지니고 있습니다. 햇빛이 내리쬐어도 비가 내려도, 스스로 모든 것을 넉넉히 받아들일 줄 압니다.

　나무는 그 어떠한 것들도 자신에게 없어서는 안 될 중요한 그 무엇이라는 사실을 잘 알고 있기 때문입니다.

　자신을 따스하게 감싸는 햇살도, 그토록 혹독하게 몰아치던 매서운 바람도 모두 자신의 뿌리를 더욱 굳건하게 해주는 자양분임을 믿고 있기 때문입니다.

　또한 나무는 단 하루도 자신의 성장을 멈추는 법이 없습니다. 비록 눈에 띄지 않을 만큼의 미미한 양이지만 호들갑스럽지 않게 묵묵히 하늘 높이로 사랑을 키워갑니다.

바라고 또 바랍니다.

오늘날 우리들의 사랑법이라는 것이 이처럼 밝음과 어두움, 환희와 상처를 함께 보듬으며 머나먼 여정에 서로의 길이 되어 어깨동무를 풀지 않고 늘 함께 걸어갈 수 있기를.

그리하여 단 하루도 사랑이 줄어드는 법 없이 묵묵히 그 사랑을 키워갈 수 있게 되기를.

인생이라는 게임에 임하는 자세 2

인생이란 매우 어려운 게임이 아닐 수 없습니다. 이길지도 질지도 모르는 곤란함의 연속인 자신과의 한판 싸움에서 누구나 승리자가 되고 싶어합니다. 하지만 너무 손쉽게 승리를 거두려는 욕심은 버려야 합니다.

인생이라는 게임이 처음부터 이길 줄 알고 시작하는 게임이라면 무슨 재미가 있겠습니까?

이길지 질지 모르는 막상막하의 승부는 우리의 심장을 더욱 활발히 요동치게 합니다. 그래서 우리는 이 인생이라는 게임에 더더욱 매력을 느끼지요. 설령 자신이 열세에 몰려 있다 해도 그 게임을 포기하지 않는 한 언제든지 대역전을 할 수 있다는 사실은 우리가 이 게임에 더욱 성실히 임해야 하는 이유입니다.

우리가 인생이라는 이 게임에서 명심해야 할 것은, 설령 지고 있는 상황이라 해도 자신이 이 게임을 포기하지 않는 한 아직 승부는 결정되지 않았다는 점입니다. 또한 이기고 있는 상황이라 해도 너무 쉽고 편하게 이기려고 해서는 안 된다는 점입니다.

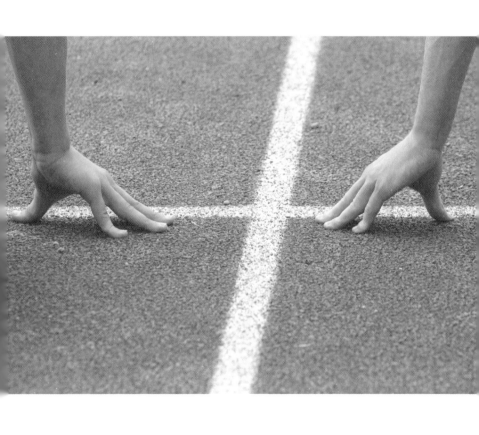

죽음을 앞둔 사람들이
하고 싶은 것들

죽음을 앞둔 사람들에게 지금 가장 하고 싶은 일이 무엇이냐고
물어보면 그 대답은 우리가 생각하는 것과는 사뭇 다릅니다.

"햇살이 따스하게 내리쬐는 거리를 걷고 싶다."
"친구에게 전화를 걸어 수다를 떨고 싶다."
"사랑하는 사람과 함께 아이스크림을 먹고 싶다."

이처럼 지극히 사소하고 일상적인 것들이 대부분이더군요.

가만히 살펴보면 이 모든 것들이 평소 우리가 당연하게 여기고
지극히 하찮게 취급하던 것들이라는 사실을 알 수 있습니다.

우리가 하찮게 여기던 그런 일상들이 실상은 죽어가는 사람들이
그토록 바라던 삶이라는 사실. 우리의 삶이 무가치하게 느껴질 때마
다 기억 속에서 꺼내어 음미해볼 진실이 아닐 수 없습니다.

감사의
하루

밖으로 나올 수 없다는 것.
금기사항과 제약이 많다는 것.

이것들이 감옥과 수도원의 공통점입니다.

하지만 한 곳에는 적막과 어둠의 분위기가 흐르고 한 곳에는 평화와 온화함이 흐르는 이유가 있습니다. 생활도 불편하고 식사도 온전치 못한 비슷한 환경이지만 감옥 안에는 불평의 목소리로 하루가 저무는 반면 수도원에는 감사의 목소리로 하루가 지나간다는 점 때문입니다.

이제 여태껏 내가 유심히 보지 못했던 행복들을 찬찬히 살펴보고 싶습니다. 오늘도 나는 주어진 내 하루에 감사하며 나의 길을 걸어갑니다. 만일 오늘을 내가 돌본다면 하늘은 나의 내일을 돌볼 거라는 믿음 한 줌을 가슴에 남겨두고…….

내가 가지고 있는
재산

참 다행스런 일입니다.

비록 누군가에게

돈이나 물질을 줄 만한 능력은 없지만

누군가에게

자신이 별 볼 일 없는 존재가 아니라는 사실을

느낄 수 있도록 해주는

미소와 칭찬의 말 한마디를 가지고 있다는 사실은……

행복한
사람

　원하는 것을 다 가질 수는 없지만 지금 가지고 있는 것들을 충분히 누릴 수는 있습니다.

　기억하고 싶지 않은 아픈 일들을 처음으로 다시 되돌릴 수는 없지만 잊어버리고 가볍게 살아갈 수는 있습니다.

　다가오는 매일 매일이 비록 최고의 날들이 될 수는 없지만 최선을 다한 날들이 되게 할 수는 있습니다.

　이런 사람이 있다면, 지극히 작은 이런 것들만 바꾸어 생각하는 사람이 있다면, 그가 바로 행복입니다.

부딪혀보는 인생

인생의 가장 먼 곳에 있는 길은 우리가 바라는 이상의 길입니다.

인생의 가장 가까운 곳에 있는 길 또한 우리가 바라는 이상의 길입니다.

그 멀고도 가까운 거리는 단지 바라기만 하느냐, 두 손 걷어붙이고 실천하느냐의 차이일 뿐…….

물론 그것이 인생에서 가장 어려운 일일지 모르지만 우리가 인생이라는 이 게임에 임하면서 한 가지 위안거리가 있다면, 이 세상의 모든 일들은 실제로 맞부딪혀보면 멀리서 걱정했던 것보다 그리 어렵거나 나쁘지만은 않다는 점입니다.

모든 출발은
아름답다

하는 일마다 뒤틀리고, 손대는 일마다 모두 어긋날 때가 있습니다. 내가 꿈꾸는 삶이 무너져가는 기분이 들고, 조그마한 아픔도 견디기 힘든 절망감으로 다가올 때가 있습니다.

운명마저도 언제나 나를 비켜나가는 듯한 느낌.

그런 느낌이 들 때면 우리는 심한 좌절을 느끼며 모든 것을 포기하고 싶어집니다.

하지만 단 1년으로 끝나는 법 없는 우리의 삶이라는 캘린더.

살아온 날들보다 살아가야 할 날들이 더 많이 남은 우리에겐 늦었다고 생각하는 그 순간이 어쩌면 가장 소중한 시간일지 모릅니다.

이미 늦었다고 생각되는 지금 시작하는 것이 이 다음에 시작하는 것보다 훨씬 빠르기 때문이지요.

그대의 모든 출발은 아름답습니다.

그것이 비록 지극히 느리고 더딘 발걸음이라 해도…….

항구에 정박한 배의
공통점

항구에 정박해 있는 배들을 보면 한 가지 공통점이 있습니다.

객실에 있는 모든 유리창이 평면이 아니라 볼록 모양으로 둥글게 되어 있다는 점입니다.

유리창이 평면으로 되어 있으면 항해할 때 파도나 폭풍우에 부딪혀 깨져버리기 쉬운 반면 볼록한 창으로 둥글게 만들어놓으면 바람을 껴안으며 압력을 360°로 분산시키기 때문에 창이 깨어지지 않습니다.

사람과 사람 사이에 불어오는 마음의 파도나 폭풍우도 이와 다를 바 없지 않을까요?

우리들의 마음도 이처럼 각진 모양의 평면으로 있을 때면 상대의 마음과 부딪혀 깨어지고 부서지기 쉽지만 항상 둥글게 가꾸어두고 상대의 마음의 파도를 껴안을 때는 그 어떤 쓰라린 상처와 아픔 속에서도 넉넉할 수 있음은.

무언가를
나눌 수 있는 마음

　사람들은 나누는 것에 인색합니다. 나눈다는 것에 물질적인 것이라는 생각을 한정시켜두기 때문입니다. 나눈다는 것을 물질에만 초점을 둔다면 그것은 누구나 할 수 있는 일이 아닙니다.

　실제로 가진 것이 없다는 사실이 나눔을 어렵게 만드는 게 아니라 그런 생각이 나누는 것을 자꾸 어렵게 만드니까요.

　따뜻한 말을 나눈다든지, 온유한 눈길을 나눈다든지, 함께 기쁨을 나누거나 함께 아픔을 나누는 것.

　지금 절실하게 필요한 것은
　그런 나눌 수 있는 마음의 교감입니다.

　그렇습니다. 언제부터인가 나눈다는 것을 물질로만 생각하면서 세상 사람들은 물질뿐 아니라 사랑에도, 사랑을 나눌 수 있는 마음에도 인색해지기 시작한 것입니다.

삶의 화살표가
되어주는 말

누구나 가슴속에 묻어둔 이야기가 있을 테지요.

삶에 지쳐 무릎 꺾으려 할 때, 두 눈이 홍건히 젖어오며 주저앉아 버리고 싶어질 때, 늘 부족하기만 한 내 모습에 스스로 슬퍼질 때면 내 가슴속에서 꺼내어 두고두고 새겨보는 말.

"사막이 아름다운 건……
    어딘가에 우물이 숨겨져 있기 때문일 거야."

어린 왕자의 이 말은 지금도 내 삶에 화살표가 되어주고 있습니다.

다시 한 번 가슴속에서 이 말을 꺼내어본 오늘, 늘 부족하고 못나게만 느껴지는 내 삶이지만 두 팔 걷어붙이고 다시 한 번 살아봐야 겠습니다. 내 삶 안에는 아직까지 발견하지 못했을 뿐 그 어딘가에 나만이 가지고 있는 보석 같은 그 무엇이 숨겨져 있을 터이니…….

내 삶의
존재 이유

나는 오늘 전화를 걸어야 할 누군가가 있습니다.
내 발로 찾아가 인사를 나누어야 할 누군가가 있습니다.
만나서 담소를 나누고, 함께 웃어야 할 누군가가 있습니다.
그렇게 나에게는 사랑해야 할 누군가가 많이 있습니다.

어찌 보면 지극히 당연한 일이지만
이런 생각을 할 때마다 행복에 겨워지는 이유는
이렇게 내가 누군가를 위해 무엇인가 할 일이 있다는 사실,
무엇인가 주어야만 하는 것이 있다는 사실,
그것이 바로 내 삶의 존재 이유가 되기 때문입니다.

그리고 행복한 순간에도

정작 우리가
부러워해야 할 것은

떨어지는 빗방울이 바위를 깎을 수 있는 것은
그것의 강함이 아니라
그 꾸준함과 포기함을 잊은 노력 때문입니다.
수백 년을 내리쳤던 비바람에도 갈라질 낌새를 보이지 않다가
어느 한 번의 비바람이 내리치면
순식간에 둘로 갈라지는 것입니다.
그러나 우리는 이 바위가 어느 순간에 쪼개어졌다고 해도
단 한 번으로 인해 쪼개진 것이 아님을 잘 알고 있습니다.
수백 년을 때린 그 우직함이 모여서 비로소 쪼개진 것이지요.

어떤 사람이 성공했다고 할 때
우리는 그가 얻은 부와 지위를 부러워하지만
정녕 우리가 부러워해야 할 것은
그가 그렇게 되기까지의 피나는 노력입니다.
진정으로 우리가 부러워해야 할 것은

한 사람의 부와 지위가 아니라
그 사람이 오랜 시간 흘렸던 땀과 눈물의 아름다움입니다.

실수조차도
나의 인생인 것을

　나는 실수를 참 많이 하는 편입니다. 누구든지 쉽게 해낼 수 있는 일에도 어처구니없는 실수를 저지르곤 합니다. 또 나는 실패도 많이 하는 편입니다. 못나게도 성공보다 몇 배나 더 많은 실패를 했고 그때마다 커다란 절망감에 빠집니다.

　가만히 있으면 실수도, 실패도 하지 않겠지요. 하지만 '그럼에도 불구하고' 나는 계속해서 무엇이든 해보려 하는 편입니다. 실수나 실패가 두려워서 아무런 시도조차 해보지 않는다면 인생에서 그것보다 불행한 일은 없을 거라는 생각 때문입니다.

　실수하고 실패하는 일, 이런 모든 일들은 내게서 없어져야 할 일이 아니라고 나는 믿습니다. 나는 하나의 인간이기 때문입니다. 이것들은 나를 키워온 소중한 재산들이었음을 인정하지 않을 수 없습니다. 다시 말하지만 나는 하나의 인간이기에, 또 끊임없이 인간이고 싶기에, 지금뿐 아니라 먼 훗날까지도 이 모든 것들을 내 품안에 소중히 안고 살아갈 것입니다.

우리가 모든 일에
혼신을 다해야 하는 이유

우리가 어떤 일을 한다는 것은 실패할 가능성을 알고도 그 일에 임해야 함을 의미합니다. 실패할 가능성에도 굴하지 않고 그 일에 혼신을 다해야 함을 의미합니다.

모든 일은 성공과 실패, 그 두 가지의 결과로 나누어집니다.

성공은 기쁨과 환희를 주지만 실패는 슬픔과 절망을 줍니다.

하지만 세상은 우리에게 그 어떤 일이든 완벽하게 성공을 보장해주진 않습니다. 그럼에도 수많은 사람들은 확실하지 않은 성공에 자신의 혼신을 다해 임해야만 합니다.

그런 자세일 때만이 비록 그 일의 결과가 실패로 끝날지라도 인생 자체는 결코 실패가 아니기 때문입니다.

신은 성공에 기쁨을 숨겨두지만 최선을 다한 실패에는 성공보다 더 많은 교훈을 숨겨두기 때문입니다.

그것이 우리가 어떤 일을 할 때 실패할 가능성에도 굴하지 않고 그 일에 혼신을 다해야 하는 필연적인 이유입니다.

걱정이라는
확대경

미국의 한 청년이 산을 오르고 있었습니다. 그런데 너무 많이 걸은 탓인지 갈증을 느낀 그 청년은 때마침 개울을 발견하고 벌컥벌컥 정신없이 물을 마셨습니다.

물을 다 마시고 몸을 일으켜 다시 산을 오르려 하는데 게시판 하나가 눈에 들어왔습니다. 'Poison(독약)'이라고 적혀 있었습니다.

그는 갑자기 현기증이 나고 구토 증세가 나더니 쓰러져 등산 중이던 다른 사람에 의해 병원에 실려갔습니다. 의사가 진찰해보니 신기하게도 몸엔 아무 이상이 없었습니다.

사람들은 그 청년이 병원에 오게 된 경위를 설명했습니다. 전후 사정을 들은 의사는 그 이유를 이야기했습니다.

"아마 게시판에 적힌 'Poisson(낚시)'을 Poison(독약)'으로 잘못봤기 때문일 겁니다. 당신 같은 사람들이 종종 병원에 오거든요."

그 말을 들은 청년은 이내 열이 내려가고 구토 증세도 사라져버렸습니다.

걱정은 아무렇지도 않은 것을 확대해서 보는 특성을 가지고 있습니다. 걱정은 우리를 불안하게 하고 안절부절못하게 할 뿐, 어떤 문제도 해결해주는 법이 없습니다.

걱정으로 자꾸만 당신의 삶을 짓누르지 마십시오.
때때로 잊어버리고 살아가면 삶이 가벼워집니다.

청년인가?
노인인가?

나는 청년인가? 노인인가?

삶이 힘겨울 때, 세상에 존재하는 실패란 실패는 모두 나에게로
향해 있다는 느낌이 들 때면 스스로에게 진지하게 묻던 물음입니다.
그런 마음이 들 때면 나는 스스로에게 늘 더글라스 맥아더의 글 한
구절을 들려주곤 합니다.

신념이 있으면 젊고, 의심이 있으면 늙습니다.
자신감을 가지면 젊고, 절망을 품으면 늙습니다.
모든 삶의 마음 한가운데에는 녹음실이 있는데, 이 녹음실에 아
름다움과 희망과 격려와 용기에 관한 말이 들어오는 동안에는
우리가 젊을 수 있습니다.
그러나 전선이 다 끊어지고 당신의 마음이 의심이라는 눈덩이
와 절망이라는 얼음으로 뒤덮이게 되면 그때에는 비로소 당신
은 늙게 되는 것입니다.

지치고 힘들 때

힘겨워하고 절망하는 나의 심정에 이 글은 곧잘 해답을 전해줍니다.

세상과의 불협화음 없이 맑은 교향악만이 연주되는 청춘이 어디 있겠습니까?

청춘이라는 이름 앞에 놓인 실패와 절망…….

결단코 청춘에게는 실패라는 것이 있을 수 없습니다. 그것은 단지 실패라는 모습을 띤 수많은 새로운 경험들일 뿐. 그 경험들은 언제나 우리가 비싼 희생을 치르고도 배울 만한 가치가 있는 경험이라는 믿음…….

그 믿음을 가진 사람만이 햇살 푸른 당당한 청년입니다.

미래라는
길

껍질을 깨고 나온 병아리는 껍질을 소중히 간직하지 않고 그 껍질을 버리고 다른 곳으로 갑니다. 껍질 속은 이미 과거의 집일 뿐 더이상 자신이 살아가야 하는 미래의 집은 아니기 때문입니다.

인간의 삶이라는 것 또한 그렇습니다.

이미 걸어와버린 길은 다시 돌아갈 수 없습니다.

자신이 진흙탕 길을 힘겹게 걸어왔건, 가파르고 경사진 길을 너무도 아프게 걸어왔건, 아니면 곧게 뻗은 포장도로를 걸어왔건, 지금 당신이 서 있는 길은 전혀 새로운 길로의 출발선입니다. 그 길을 다시 걷고 싶건, 다시는 그 길을 쳐다보기도 싫을 만큼 지긋지긋했건, 과거로 다시 돌아가는 것은 이미 우리의 선택 의지를 잃은 불가능한 일입니다.

과거로 향하는 길의 문은 늘 굳게 잠겨 있기 때문입니다.

인생은 늘 앞을 향해서 묵묵히 한 걸음, 한 걸음 걸어가야 하는 일……

가슴 벅차지 않습니까?

비록 이미 지나온 길이 우리에게 수많은 불평과 시련을 주었지만 우리 앞에 놓여진 미래라는 길은 과거의 내가 어떠했다는 것과는 전혀 상관없이 공평하고 무한한 희망과 가능성을 주는 열려진 길이라는 사실이……

내 삶의
모토

내 삶의 모토는 친절해지자는 것입니다. 그것은 지금 당장 어느 만큼이라고 양을 정해둔 것이 아니라 하루하루 조금씩 늘어가는 친절을 말하는 것이지요.

오늘 나의 친절보다 내일 나의 친절이 조금은 더, 내일보다는 또 그 다음날이 조금 더⋯⋯. 그렇게 마음의 친절이 나날이 조금씩이라도 넓어지고 깊어지기를 소망합니다.

그것이 비록 수치로 헤아리기 어려울 만큼 미미한 것이라 해도, 그 일이 세상 어느 한 사람의 주름이라도 지워주는 삶이 될 수 있다면 나는 그것에 내 인생의 의미를 두기에 충분한 일이라 믿어 의심치 않습니다.

우리가 다른 사람들의 기쁨과 슬픔에 관심을 기울이면서 사랑은 생겨나는 것입니다. 그렇게 생겨난 사랑으로 이 지구의 사랑 총량이 증가된다면 그 얼마나 가슴 벅찬 일입니까?

영혼도 함께
달려가는 삶

언젠가 책에서 읽은 인디언들의 생활 방식 중에 이런 것을 본 적이 있습니다.

인디언들은 말을 타고 아주 먼 길을 단숨에 달려가는 일이 결코 없다고 합니다. 달리다가 가끔씩은 말에서 내려 지금까지 자기가 달려온 곳을 한참 동안 바라보면서 사색에 잠긴다고 합니다. 그러고는 다시 말에 올라타 갈 길을 재촉한다는 인디언들······.

그 이유는 앞만 보며 너무 빨리 달려가느라 자신의 영혼이 미처 따라오지 못했을까 하는 염려 때문입니다.

뒤돌아볼 일입니다.

너무 빨리만 달려가느라 지금 세상 소중한 것들을 잃어버리고 있지는 않은지······. 현실이라는 수많은 벽들과 부딪치느라 지금 더없이 귀한 것들을 함부로 내동댕이치고 있는 것은 아닌지······. 그것이 바로 당신의 영혼은 아닌지를.

바다가 위대한
충분한 이유

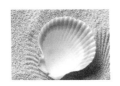

바다는 언제나 사람들의 동경의 대상입니다.

그것의 넓음과 푸르름. 사람들은 바다가 그토록 넓고 푸르기에 위대하다고 합니다. 하지만 바다가 진정으로 위대한 이유는 그것의 넓고 푸르름에 있는 것이 아니라 그것이 세상 가장 낮은 곳에 위치해 있기 때문이라는 생각이 듭니다.

신영복 선생님은 말했습니다.

"비를 맞는 사람에게는 우산을 씌워주는 것이 아니라
함께 비를 맞아주는 아픔의 공감과 연대가 필요하다……."

사람들은 흔히 주위의 사람들이 힘겨워하고 아파할 때면 모든 것을 포용할 수 있다고, 모든 것을 해결해줄 수 있다고 쉽게 이야기하곤 합니다. 그 사람이 얼마나 아파하는지 함께 느껴주는 것에는 관심도 없이…….

세상 가장 낮은 곳에 위치한 바다는, 힘든 사람에겐 함께 낮아져

아픔을 공유해주는 일이 가장 필요하다는 사실을 우리에게 일깨워
주고 있는 것은 아닌지…….

좋은 것을 주기 전에
오는 신호

무지개는
하늘이 세상에 눈물을 흘리고 난 후에야
다가오는 아름다움입니다.
눈은
오랜 기다림으로 몇 개의 계절을
견뎌온 사람만이 느낄 수 있는 축복입니다.

아!
늘 고개를 가로저었지만
이제는 알 수 있을 것 같습니다.
세상이 우리에게
값진 것을 주려고 마음먹었을 때는
시련과 기다림을 먼저 준다는 것을.

완행열차를
타고 있는 것일 뿐

　진실로 가려 애쓰면 가까워지고, 힘겹다 포기하면 마냥 멀어지는 것이 우리가 꿈꾸는 이상의 길입니다.

　사람들은 누구나 희망의 꿈을 꾸지만 아무나 그 꿈을 이룰 수는 없는 법. 자신의 꿈을 이루어내는 대부분의 사람들이 보통 사람들과 다른 점은 그들은 결코 자신의 꿈을 쉽사리 포기하지 않는다는 점입니다.

　꿈이 조금 이루어져간다고 해서 쉽게 들뜨지 않고 현재 그것이 잘 풀리지 않는다고 해서 쉽게 절망하지 않습니다.

　살아가는 동안 우리가 꿈꾸는 것들이 그렇게 빨리 이루어지지 않는다고 해서 아직 절망할 필요는 없습니다.

　다만 나는 완행열차를 타고 있기에 지금은 느릴지라도 언젠가는 종착역에 도달할 것이라는 믿음으로, 우리 가는 길을 멈추지 말아야 겠지요.

자신 이외의
다른 것이 되려는 사람들

너도밤나무는 소나무보다 키가 작다고 소나무를 부러워하지 않습니다. 소나무 또한 너도밤나무보다 키가 크다고 해서 결코 으스대는 법이 없습니다.

거북은 걸음이 느린 대신 오래 사는 축복이 주어짐을 감사할 줄 알고, 무당벌레는 무당벌레의 옷을 입고 세상에 온 것을 자랑스럽게 여깁니다.

하물며 사물도 이러한데, 우리 사는 세상엔 자기 이외의 다른 무엇이 되고자 하는 사람들이 왜 이리도 많은지요.

꿈이
삶을 이끌어간다

친구 중에 대학을 졸업한 뒤 "내가 하고 싶은 공부는 이게 아니었어"라고 사람들에게 선포하더니 자신이 원하는 공부를 하기 위해 그 나이에 다시 대입준비를 시작한 이가 있습니다.

소위 일류대학에다 남들이 선망하는 과를 졸업하고도 다시 공부를 하겠다고 하니 주위 사람들은 극구 만류했었고, 나 역시도 그랬었지요.

하지만 친구와 이야기를 나누는 동안 확신에 차 있는 그의 모습과 그가 가지고 있는 소중한 꿈에 오히려 미소 지으며 그 친구에게 무언가 힘이 되어주고 싶다는 생각이 들었습니다. 우리들의 삶은 욕구를 채우는 것이 아니라, 의미를 채우는 삶이어야 한다는 걸 그 친구를 통해서 다시 깨닫게 되었던 것이죠.

오늘은 그 친구에게 힘이 될 수 있는 릴케의 글 하나 실어 편지를 띄워야겠습니다. 언제든 지치고 힘이 들면 내게 전화하라고 전화 카드 한 장 같이 넣어서……

우리 모두 아름다운 꿈 하나 가지고 살도록 하자.
사람은 눈앞에 보이는 것만 바라보고 살아가는 것이
아닐 테니.
좀 더 먼 곳을 바라보며 미래 속에 잠긴 꿈을
찬찬히 바라보며 살아가자.
만일 우리에게 맑고 고운 꿈 하나 없다면
무엇으로 때묻은 이 현실을 씻어내면서 살 것인가.

어느 오후
햇살 아래서의 생각

나는 무슨 말이든 들을 수 있는 귀를 가지고 있지만
이해의 꽃보다는 오해의 잡초를 더 많이 키우곤 하지.
말할 수 있는 입을 가지고 있지만 침묵보다도 못한
가시 돋친 말로 사람들을 아프게 하곤 하지.
느낄 수 있는 가슴을 가지고 있지만
일상의 감탄사보다는 찌푸린 불평을 내뱉기 일쑤지.
왜 나는…… 모든 것을 충분히 누리고 있으면서도
가진 것만도 못한 삶을 살고 있는 것일까?

고개 들어 본 햇살이 눈부셔 고개 떨구다
문득 떠오른 생각 한 줌…….

당신의
사랑 그릇은

그릇은 물을 담는 데 사용됩니다.
작은 그릇은 적은 양의 물밖에 담을 수 없습니다.
큰 그릇은 많은 양의 물을 담을 수 있습니다.
타인의 마음을 담는 그대의 사랑 그릇은 어느 쪽인지요?

그릇은 물을 붓는 데 사용됩니다.
작은 그릇 중에는 자신의 것을
다 부어주는 그릇이 있습니다.
큰 그릇 중에는 자신이 받은 것에 비해
턱없이 적게 부어주는 그릇이 있습니다.
많은 양을 받으면서도 부어주는 데는 인색한 그릇.
당신의 사랑 그릇은 혹 그런 그릇은 아닌지요?

그리고 행복한 순간에도

한 발 떨어져서
삶을 바라보면

바둑이나 장기를 둘 때 곁에서 훈수를 하는 사람들을 통해 우리는 하나의 깨달음을 얻습니다. 바둑이나 장기를 둘 때면 막상 게임에 임해 있는 자신은 볼 수 없는 수를 자신보다 더 하수일지라도 옆에서 지켜보고 있는 사람이 기가 막히게 훈수를 해주는 경우가 있습니다.

그 게임에 임하는 당사자는 긴장해 있는 상태라 상황 그대로를 보지 못하는 반면, 밖에서 지켜보는 사람은 마음의 평정을 유지하고 있기 때문에 훈수를 잘 해줄 수 있는 것이지요.

삶이 보이지 않을 때는 때때로 삶에서 한번 벗어나보십시오. 나무 하나를 보기 위해서는 산으로 들어가야 하지만 숲 전체를 보기 위해서는 산에서 멀찍이 떨어져 보아야 하는 것처럼⋯⋯.

어떤 일이 풀리지 않을 때나 막막하게만 느껴질 때는, 계속 그 문제에 매달려 전전긍긍하는 것이 아니라 마음의 평온을 유지한 채 멀찍이에서 바라보면 생각지도 않았던 묘수가 떠오릅니다.

한 걸음 떨어져 삶을 바라보면 삶은 우리에게 소중한 힌트를 주
곤 하지요.

있을 때는
그 소중함을 모르고

있을 때는 그 소중함을 모르다가 잃어버린 후에야 그 안타까움을 알게 되는 못난 인간의 습성……. 내 자신도 그와 닮아 있지 않나 하는 생각이 들 때면 매우 부끄러워집니다.

내일이면 장님이 될 것처럼 당신의 눈을 사용하십시오.
그와 똑같은 방법으로 다른 감각들을 적용해보시기를.
내일이면 귀머거리가 될 것처럼
말소리와 새소리, 오케스트라의 힘찬 선율을 들어보십시오.
내일이면 다시는 사랑하는 사람들의 얼굴을
못 만져보게 될 것처럼 만져보십시오.
내일이면 다시는 냄새와 맛을 못 느낄 것처럼
꽃향기를 마시며 매 손길마다 맛을 음미하십시오.

못 가진 것들이 더 많았지만 가진 것들을 충분히 누린 헬렌 켈러 여사의 글입니다.

지치고 힘들 때

문제의 근원은 있고 없음이 아닙니다. 없는 것들에 대한 탄식에 자신의 시간을 망쳐버리느냐, 있는 것들에 대한 충만함에 자신의 영혼을 매진하느냐, 문제는 바로 그것입니다.

꿈
한 조각

어느날 문득, 길을 걷다 얼마 전에 읽은 벤 프랭클린의 글귀가 떠올라 슬픔에 젖은 적이 있었습니다.

대부분의 남자들은 25세의 나이에 목 윗부분이 죽어버린다.
왜냐하면 꿈꾸기를 멈추어버리기 때문이다.

나 또한 그렇게 살아가고 있는 것은 아닌지, 예전의 푸르고 싱싱했던 그 꿈들은 어느새 모두 사라져버린 것은 아닌지 하는 슬픔 때문에……

생각해봅니다. 어린 시절의 나는 모든 것이 가능하고, 모든 것을 해낼 수 있었습니다. 하지만 시간이 흐를수록 나의 꿈들은 현실과 타협하게 되고, 하루하루 일상에 묻혀 자꾸만 쪼그라들고 작아지기만 했습니다.

하지만 아직도 나에겐 한 가지 위안거리가 있습니다. 삶이란 '그래도' 하며 다시 한 번 고쳐 사는 것이기 때문입니다.

지치고 힘들 때

지난 시간 동안 잊고 있었던 나의 꿈을 이제 다시 끄집어내어 살아가렵니다. 그 꿈이 다시는 녹슬지 않게 마음의 때를 깨끗이 씻어내고 싶습니다.

그리하여 여전히 삶은 희망찬 것이며, 세상은 아름다운 곳이라는 사실을 느끼며 살아가고 싶습니다.

희망넷

세상은 꿈꾸는 자의 말을
귀담아 듣는다

우리는 왜 잊고 사는지요.

한겨울 혹독한 추위 때문에 잎이 떨구어진 바로 그 자리에서

이른 봄날, 제일 먼저 푸르디푸른 새싹이 돋아난다는 사실을.

우리는 왜 믿지 못하는지요.

우리를 넘어뜨렸던 숱한 고통들이 실상은

내 인생에 숨겨진 수많은 보석들이라는 사실을.

삶의
목록

때때로 삶의 목록을 작성해보곤 합니다. 내가 진정으로 원하는 것이 무엇인지, 내가 내 삶에서 버리고 싶어하는 것이 무엇인지 정리해볼 시간을 가져보는 것이지요.

백지 한 장을 책상에다 놓고 줄을 그어 오른쪽에는 원하는 것을, 왼쪽에는 버리려는 것을 적습니다. 1년에 한두 번씩 이렇게 해보던 것이 벌써 몇 해째 반복되면서 한 가지 느끼게 된 것이 있습니다.

몇 해 전에 내가 그토록 가지고 싶어해 오른쪽 목록에 적어놓았던 것이 어느새 왼쪽으로 옮겨와 버리고 싶은 것이 되어버렸다는 점입니다.

한때 내게 너무도 소중했던 것이 이제 그 의미를 잃어간다는 것은 매우 슬픈 일입니다. 그 모두가 나의 못남입니다.

처음의 마음.

그것을 가지기 간절히 원했던 처음 그 마음을 잃어버리지 않았다
면 왼쪽 목록, 버리고 싶은 것이 되어 있을 까닭이 없습니다.

버려야 할 것들의 목록에 적힌 것들을 하나하나 되뇌며 그것이
정말로 버려야 할 것들인지 온기를 넣어 내 삶에 물어봅니다.
처음의 그 마음이라는 온기를 불어넣어⋯⋯.

삶의
가파른 오르막길

　산을 오를 때면 매력적인 사실을 하나 깨닫게 됩니다. 힘겹게 올라간 그만큼의 거리를 신선한 바람에 땀을 식히며 편하게 내려올 수 있다는 사실. 더운 여름날 산행 중 깨닫게 된 너무도 평범한 이 사실이 내게 더없는 기쁨으로 다가오는 이유는 우리들의 삶과 너무도 흡사하다는 생각 때문입니다.

　힘겹고 고생스럽게 높은 산을 올라가면 그만큼의 거리만큼 경치를 즐기며 보다 편안하게 내려오는 시간이 길어지고, 조금 올라가다 힘겹다고 포기하면 그 좋은 풍경들을 볼 시간도 그만큼 줄어들게 되는 것이 사람의 삶과 꼭 닮았다는……

　지금 그대가 힘겹게 올라가고 있는 삶의 가파른 오르막길은 언젠가 반드시 그 힘겨움만큼의 편안함을 선물한다는 삶이라는 산행의 진리를 기억한다면 그대에게 닥친 시련과 힘겨움들도 그리 절망만은 아니겠지요.

비난의 화살이
가리키는 방향

그대는 누군가를 비난하기를 참 좋아합니다.
타인을 탓하고 책망하기 좋아하는 사람은
자신의 인생에 대해
불평과 무력감이 많아질 수밖에 없습니다.
비난의 그 화살은 언제나 상대방을 향하는 것이 아니라
나를 향한 것이기 때문입니다.

그대가 상대방을 향해 원망과 지탄의 손가락질을 할 때
나머지 세 손가락은 늘 자신을
향해 있는 것처럼…….

가진 것이
적은 것이 아니라

나는 이 사회에서의 성공은 얼마나 많이 배우고 얼마나 많이 이루었느냐가 아니라 우리가 얼마나 따뜻한 마음을 지녔는가, 사회에 대해 이웃에 대해 얼마나 맑은 마음을 가졌는가로 평가되어야 한다고 생각합니다.

'든 사람'보다 '된 사람'이 존경받고 대우받는 사회일 때 이 사회는 가능성 있는 사회가 된다고 굳게 믿고 있습니다.

많이 가지면 많이 가질수록 나눔에 더 인색해지는 세상……

세상에게, 이웃에게 지금은 무언가 줄 것이 없다고 말하는 당신.

이제는 되돌아보아야 할 시간입니다. 가진 것이 적은 게 아니라 줄 수 있는 그 마음이 작은 것은 아닌지를……

'마치'의
법칙

　자신이 무엇이 안 되거나, 못 되는 것은 그리 걱정할 일이 아닙니다. 어떤 인생에든 as if의 법칙은 통하기 때문입니다.

　as if, 이것은 '마치 ~인 것처럼 행동하는 것'입니다. 이 법칙은 우리 인생의 아름다운 열매를 따게 해주는 마법의 법칙이지요.

　마치 두렵지 않은 것처럼 행동하십시오.
　그러면 당신은 필히 용감한 사람이 될 테니까요.
　마치 당신이 누군가를 사랑하는 것처럼 행동하십시오.
　그러면 당신은 필히 사랑을 발견하게 될 테니까요.
　마치 삶이라는 무대의 주인공처럼 행동하십시오.
　그로 인해 당신은 삶이라는 무대에서
　더 이상 엑스트라가 아닌 주인공으로 우뚝 서게 될 테니까요.

그리고 행복한 순간에도

때론
힘겨운 삶일지라도

　때론 살아 있다는 그 사실 자체만으로도 가슴 아프고 눈물겨운 것이 '삶'입니다.

　누군들 거창하게 한번 살아보고 싶지 않겠습니까만, 삶이라는 것이 그리 호락호락하지 않아 많은 이들이 절망의 한숨을 내뱉습니다. 고통 없이 오는 성숙의 열매는 빈껍데기이기 일쑤입니다. 아픔 없이 오는 삶의 환희는 모래성 같기 일쑤입니다.

　문득 쳐다본 하늘.

　'백기를 꽂고 무릎을 꿇어버리기에는 하늘이 너무 푸르다'라는 어느 시인의 말이 생각난 10월의 가을날입니다.

늦깎이 인생

심리학의 입문서로 불리는 프로이트의 『꿈의 해석』은 세계를 변화시킨 100권의 책 중 하나로 우리에게 널리 알려져 있습니다.

하지만 그 당시에는 아무도 이 책을 출판해주려 하지 않았기 때문에 자비출판을 했다고 합니다. 그것도 고작 600부를 인쇄했습니다. 이 책이 다 팔리기까지는 무려 8년이라는 시간이 걸렸습니다. 허나 지금 프로이트라는 이름을 모르는 사람은 아무도 없습니다.

모든 일이 일사천리로 풀리는 것은 좋은 일이지만 시간이 걸려 오랜 정성 후에 오는 성취는 더욱 가치 있는 일입니다.

지금 당신은 스스로를 보잘것없다고 생각할지 모릅니다. 허나 실망하지 마시기를……

당신은 늦깎이 인생일지도 모르니까요……

눈 내린 날의
생각 한 줌

추위를 뚫고 내리는 첫눈.

그 순백의 세계 위로 사람들은 "아!" 하는 감탄사를 내뱉습니다.

허나 다음날이면 눈은 녹아버려 아름다움은 사라지고 한갓 흙탕
물이 되어 사람들의 이마를 찌푸리게 합니다.

그 풍경을 보면서 스스로에게 묻습니다.

나는 과연……, 그 눈처럼 사람들의 기억 속에 잠깐 아름다웠다
가 이내 얼굴이 찌푸려지는 기억으로 남는 그런 사람은 아닌지를.

이름을
부른다는 것은

누군가를 만났을 때 자신이 왠지 그와는 좀 동떨어진 관계가 아닌가 하는 의문이 든 적은 없는지요?

언젠가 누군가와 한참 동안 대화를 하고 난 뒤 친밀감보다는 낯선 생각이 들어 왜 그런지를 곰곰이 생각해본 적이 있습니다.

이내 내려지는 결론……

그는 나의 이름을 불러주는 대신 "야", "너"라는 멋없는 말을 주로 사용했다는 사실입니다.

감옥 안에 갇힌 죄수들이 겪게 되는 가장 큰 마음의 상처는 갇혔다는 사실 그 자체가 아니라 그곳에선 자기 이름이 아닌 번호로 불린다는 사실이라더군요.

따스하게 불러주는 상대방의 이름 석 자.

그것은 상대의 마른 마음에 군불을 지펴주는 밑불이 됩니다.

삶과의
정면대결

'삶과의 대결에서 두려워하거나 회피하지 말 것.'

삶과 정면대결을 해볼 것. 내게 어떤 힘든 일이 생겨 모든 것을 포기해버리고 두 손 털어버리고 싶은 순간 가지게 되는 생각입니다.

아주 오랜 옛날 군사를 양성하던 로마의 한 부대에는 이런 풍습이 있었다고 합니다. 가슴부터 시작하여 팔, 무릎 보호대까지 모든 곳을 철저하게 보호했음에도 유독 등부분만은 무방비 상태로 아무것도 입지 않았습니다. 이유는 너무도 간단합니다. 그것이 다른 나라와의 전쟁이든 삶과의 대결이든, 회피하거나 도망가려는 자는 더이상 보호받을 가치가 없다고 생각했기 때문입니다.

삶과의 정면대결. 생각만 해도 절로 미소가 지어집니다.

회피하지 않고 당당히 맞서며 삶과의 대결에서 그럴싸하게 이겨가는 당신의 모습이 얼마나 멋들어진지를……

자기 자신에게
던지는 질문

몸에게 물어보기를. 무슨 영양분이 더 좋은지가 아니라 세상의 그 누군가를 위해 내 몸은 어디로 움직이고 있는지를.

머리에게 물어보기를. 배기량, 아파트 평수, 은행의 잔고가 아니라 사랑이나 우정이라는 단어를 아직도 기억하고 있는지를.

가슴에게 물어보기를. 금싸라기와 돈을 얼마나 품고 살아가는지가 아니라 어떤 감동이 그 안에 깃들어 있는지를.

진지하게 물어보기를. 지금 현재 자신이 살고 있는 인생은 뺏고 뺏기는 피 튀기는 전쟁터인지, 아니면 아름다운 꽃동네로 봄소풍 나온 것인지를.

참 아름다운 말,
친구

한 학교에서 수업 중에 선생님이 예전 자신의 친구와의 추억들을 학생들에게 이야기해주었습니다. 어려울 때 늘 자신의 곁에 있어주었던 그 친구 이야기에 아이들도 숙연해졌습니다.

이야기를 들려준 선생님이 아이들에게 물었습니다. '친구의 정의'가 무엇인지를. 아무도 손을 들지 않았는데 한 친구가 번쩍 손을 들고는 자신 있게 말했습니다.

"친구는, 나를 너무도 잘 알고 있으면서도
여전히 나를 좋아하는 사람입니다."

나를 너무도 잘 알고 있으면서도 여전히 나를 좋아하는 사람…….

친구, 참 아름다운 말이 아닐 수 없습니다.

모든 것을 운명의 탓으로
돌리는 사람에게

나는 세상에 운명이라는 것이 존재하지 않는다고 믿는 쪽입니다. 사람들에게 존재하는 슬픈 운명, 자신에게만 화살을 겨누고 있는 아픈 운명이 존재하지 않는다고 믿고는 있지만, 딱히 증명해보일 방법이 없다는 것이 안타까울 뿐.

운명을 믿고 어디선가 눈물 글썽이고 있는 사람.

그렇게 이야기하겠지요. 자신에게 벌어지는 슬픈 운명. 삶의 끝자락으로 치닫게 하는 아픈 운명은 결코 피할 수 없는 것이라고.

허나 그런 이에게 이 사실도 결코 잊지 말라고 말해주고 싶습니다. 지금 당신에게 일어나고 있는 숱한 기쁨과 행복의 운명 또한 결코 피해갈 수 없다는 것을.

왜 당신은 운명이라는 말을 슬픔과 아픔에만 견주어 자신을 옭아매는지요. 왜 지금 당신에게 일어나고 있는 기쁨과 행복의 운명은 곁눈질만 하고 피하려 드는지요. 살아 있는 동안에는 늘 축복인 인생을 왜 애써 외면하려는 것인지요.

우리는
왜 알지 못하는지

우리는 왜 보지 못하는지요.
흐린 구름 속에 숨겨진 강렬한 태양을.

우리는 왜 잊고 사는지요.
한겨울 혹독한 추위 때문에 잎이 떨구어진
바로 그 자리에서
이른 봄날, 제일 먼저 푸르디푸른
새싹이 돋아난다는 사실을.

우리는 왜 믿지 못하는지요.
우리를 넘어뜨렸던 숱한 고통들이
실상은 내 인생에 숨겨진
수많은 보석들이라는 사실을.

돈에 대한
생각

예전에 한 여론조사에서 실시한 신랑감 선호도 순위 조사를 본 적이 있습니다. 그런데 놀랍게도 전통적인 일등 신랑감이었던 의사, 변호사, 공인 회계사 등의 직업이 밀려나고 압도적으로 1위에 오른 신랑감은 벤처기업에 근무하는 사람이었습니다.

많이 달라진 시대상을 반영하는 것이겠지만 예나 지금이나 변하지 않는 것이 있다면 일등 신랑감 순위는 돈을 많이 버는 순위와 일치한다는 점입니다.

누구나 돈을 많이 버는 일을 선호하겠지만 그것이 과연 진정으로 참된 일인가 하는 의문이 듭니다. 세상 곳곳에서 묵묵히 흘리는 자신의 땀방울을 소중히 여기는 사람들이 있기 때문입니다.

세상엔 돈보다도 더 소중한 무엇이 있습니다. 그리고 바로 그 무엇 때문에 살아가고 있는 사람들이 너무도 많습니다. 돈에 자신의 꿈이, 자신의 보람이, 자신의 땀이, 자신의 일이 굴복당하는 일은 결코 없어야겠지요.

하지만 나도 가끔씩은 흔들립니다. 소위 사람들이 이야기하는 "이 돈 벌려고 이 고생을 해"라는 마음이 문득문득 들어 나의 일을 대충대충 하려고 하기 때문이지요.

허나 그런 마음도 잠시, 나는 이내 부끄러워집니다.

그럴 때마다 옥수수 박사 김순권 교수가 늘 되뇐다는 기도가 떠오르기 때문입니다.

돈을 가장 적게 받으면서도
일은 가장 많이 하는 사람이게 하소서.

사랑이라는 단어를
대하면

생각해보면 10대 후반의 나는 사랑이라는 단어 하나만 마주쳐도 안으로부터 뜨거워지는 가벼운 충격 같은 가슴 떨림을 감추지 못했습니다.

시간이 흘러 많은 것들이 변해버렸지만 그 가슴 떨림의 버릇은 서른 즈음이 되어버린 순간에도 여전했습니다.

아마 그러할 것입니다.

지금부터 또한 세월이 흘러 나이 마흔 즈음에, 아니 내가 죽어가는 그날까지, 아마 그러할 것입니다.

사랑

유독 그 하나의 단어를 대할 때면 얼굴의 홍조를 감추지 못하고 요동치는 그 가슴 떨림은…….

가장 뛰어난
심미안을 가진 사람

심미안이라는 말이 있습니다.

아름다움을 살펴 찾아내는 능력, 어떤 것을 꿰뚫어볼 수 있는 능력, 보이지 않는 것들을 볼 수 있고 다른 사람들의 눈에는 쉽사리 띄지 않는 것을 발견해낼 수 있는 그런 능력 말입니다.

우리도 그런 눈을 가지고 있었으면 좋겠습니다.

어떤 사람을 보았을 때 남들은 잘 못 보지만 자신의 눈엔 그 사람의 좋은 점이 한눈에 쏙 들어오는 심미안. 많은 단점을 책망하기보다 그 사람이 가진 하나의 장점을 북돋울 수 있는 심미안.

어느 누구도 좋은 점 하나 없는 사람은 없습니다. 그가 가지고 있는 많은 단점보다 하나의 장점을 꿰뚫어보는 사람.

그 사람이야말로 우리 시대의 가장 뛰어난 심미안을 가진 사람 아닐까요?

습관의 힘

사소한 것처럼 보이지만 결코 쉽사리 여겨서는 안 되는 것이 하나 있습니다. 우리는 그것을 '습관'이라고 부릅니다.

우리가 하찮게 대하지만 자신의 삶 전체를 뒤흔들어버릴 만한 힘을 가진 것이 습관이라면 너무 과장된 표현일까요?

습관은 마치 실과도 같습니다.

실이 우리 몸을 휘감고 있다고 생각해보십시오. 처음 한두 바퀴 돌리면 쉽게 끊어버릴 수 있지만 횟수가 많아지면 나중에는 도저히 끊기 어려운 상태가 되어 옴짝달싹할 수 없는 지경에까지 이릅니다.

아무리 하찮은 습관이라도 초기진압에 실패한다면 그것은 놀라운 결과를 가져옵니다. 아무리 하찮은 습관이라도 초기진압에 성공한다면 그것 또한 놀라운 결과를 가져옵니다.

당신은 과연 어느 쪽인지요?

실패와 시련 뒤에 있는
선물

실패나 시련은 우리에게 그다지 달가운 단어는 아닌 듯합니다. 허나 피해갈 수만도 없는 우리 삶의 필연적인 단어라는 사실 또한 부인할 수 없습니다. 그렇기에 실패나 시련과 맞부딪혔다고 해서 마냥 멍하니 하늘만 바라보고 있어서는 안 됩니다.

실패나 시련은 우리가 삶의 패배자임을 알려주기 위한 것이 아니기 때문입니다.

실패나 시련은 우리가 그동안 헛살았다는 사실을 알려주기 위한 것이 아니기 때문입니다.

실패나 시련은 우리를 절망케 하고 쓰러지게 하기 위해 존재하는 것이 아니라 우리가 무엇인가를 새로 배웠다는 사실을 알려주는 축복의 노래이기 때문입니다.

나는 실패와 시련과 만날 때 가슴이 뜁니다. 나에게 실패나 시련이 주어질 때마다 드는 생각이 있으니까요. 아마 이것 뒤에는 보다 근사한 것이 숨어 있을 거라는 생각……

우리 앞에
놓여진 시간

시간이 소중하다는 것은 누구나 다 아는 사실입니다.

그러나 우리들은 '지금 이 순간'의 소중함을 자주 잊어버리기에 이미 흘러가버린 시간을 두고 '만일 그때 그렇게 했었더라면……'이라는 후회를 자주 되풀이하는 것입니다.

시간은 곡마단과 같은 것이라 늘 짐을 싸고 떠나야 할 뿐 잠시도 머무르는 법이 없습니다. 그렇기에 아무리 작은 단위의 시간이라도 헛되이 보내서는 안 된다는 것. 아마 영국의 소설가 윌리엄 버넷의 글을 보면 절실히 실감할 수 있을 겁니다.

인생은 한 번밖에 없다.
그리고 전 생애에서 오늘 하루도 한 번밖에 없다.
오늘 24시간은 다시 돌아오지 않는 법.
시계가 가는 소리는 '상실, 상실, 상실'이라는 소리다.

삶의
성공이란

　삶의 성공은 자신이 얼마나 가지게 되었느냐가 아니라 자신이 얼마나 주었느냐로 평가되어야 합니다.

　자신이 활짝 핀 꽃을 몇 송이 꺾었느냐가 아니라 이 땅에 몇 톨의 씨앗을 심었느냐를 헤아려보십시오.

　자신이 어떤 점 때문에 누군가를 사랑했느냐가 아니라 자신이 어떤 점에도 불구하고 누군가를 사랑했느냐를 측정해보십시오.

　자신의 행복에 대해 얼마나 많은 박수를 받았느냐가 아니라 타인의 행복을 위해 얼마나 많은 박수를 쳤는가를 생각해보십시오.

　이처럼 세상을 향해 무언가를 끊임없이 주고 있는 그 깊이에 의해 당신의 성공과 실패는 판가름납니다.

나를 키워주는
재산

실패는 암담한 것입니다.

실패는 좌절과 절망의 넝쿨에서 나를 쉽사리 놓아주지를 않습니다. 실패는 내가 모든 것을 잃었다는 느낌을 주기 때문입니다.

하지만 언제부터인가 나는 그 실패를 바꾸어 생각해보기로 했습니다.

시작할 때부터 아무 것도 가진 것이 없었기에 실상 잃은 것도 없지 않던가. 차라리 아무 것도 가진 것이 없음으로 인해 이제 모든 것을 새롭게 시작할 수 있지 않은가. 실패는 이제 무슨 일에든 더더욱 부담없이 내 젊음을 쏟아부을 기회가 다시 찾아왔음을 알려주는 신호탄 같은 것 아닌가.

그렇게 생각하다보면 내 몸이 한결 가벼워짐을 느낍니다.

그러는 사이 나의 가슴속으로 모든 것을 다시 시작할 수 있는 용기의 바람이 불어옴을 느낄 수 있습니다.

지치고 힘들 때

살아가는 동안에
해야 할 질문

항상 그 물음에 대한 해답만은
가슴에 품고 살아가기를…….

그대가 만일 정확하게 10분 뒤
이 세상에 작별인사를 고하게 된다면
그대는 누구에게 가장 먼저
전화를 걸 것인가를.

그리고 그를 향해 마지막 인사로
어떤 말을 남길 것인가를…….

모든 일은
지나간다

　세상 모든 실패가 자신을 향해 화살을 겨누고 있다는 생각이 들 때, 왜 언제나 슬픈 운명은 자신을 그냥 지나치지 못하는가 하는 생각이 들 때, 반대로 뜻하지 않은 행운이 한꺼번에 찾아와 더없이 기쁜 순간에, 노력한 것 이상의 성과가 자신에게 돌아와 우쭐해지는 순간에도 우리가 잊지 말아야 할 것이 있습니다.

　밀물이 오면 잠시 후 썰물이 빠져나가고 썰물이 빠져나가면 다시금 밀물이 밀려오듯, 세상 어떤 일이든 모두 지나가버린다는 사실입니다. 아주 힘들고 어려운 시간도, 심지어 기쁘고 행복한 시간까지도 계속 우리에게 머무르지 않고 왔다 갔다를 반복하는 법. 그렇기에 슬픔의 시간이라고 너무 절망하지도 말고 기쁨의 시간이라고 너무 들떠 있지도 말아야겠지요.

신이 준
소중한 선물

살다 보면 때때로 자신에게 주어진 삶의 무게가 너무 무겁다는 생각이 들 때도 있을 것입니다. 하지만 그 인생이라는 짐이 무겁고 힘겹게 느껴진다고 해서 우리가 그 짐을 내동댕이쳐버리거나, 짐을 지지 않으려고 도망가서는 안 됩니다.

실패와 시련이라는 이름을 가진 짐조차도 자꾸 들다 보면 조금씩 가볍게 느껴집니다. 그 과정 속에서 우리는 삶이라는 가파른 비탈길을 더 잘 올라가게 되는 것입니다. 그러는 사이 그 숱한 짐들에 의해 자신의 삶은 단련되어 웬만한 시련과 실패에는 흔들리지 않는 튼튼한 사람이 되는 것입니다.

지금 그대에게 주어진 시련은 어쩌면…… 신이 그대에게 준 뜻밖의 선물일지도 모릅니다.

조그마한 것의
위대함

순간 아주 조그만 것들을 아무렇게나 생각하기 때문에 자동차가 충돌하고, 기차가 전복하고, 비행기가 추락합니다. 조그만 것들 때문에 사람들은 큰 도둑이 되기도 하고 큰 재벌이 되기도 합니다.

자신의 좋은 재능이 쓸데없는 것이 되기도 하고, 인생의 성공자가 되어 크게 웃을 수도 있습니다.

오늘의 조그만 환락이 내일의 눈물이 될 수도 있고, 오늘의 조그만 땀방울이 내일의 웃음이 될 수도 있습니다.

모든 것은 작은 것에서부터 시작됩니다.

같은 산꼭대기의 물방울일지라도 산에서 갈라져 각기 다른 길로 들어서면 한쪽은 폐수로 가득한 강으로, 한쪽은 생명이 숨쉬는 강으로 갈라지게 되는 것입니다.

작은 것이 모여 큰 것이 된다는 너무나 평범한 진리. 잘 알고 있으면서도 실천하지 못하고 있다면 그것은 차라리 모르는 것보다 더 나쁜 일 아닐까요?

휴식의
소중함

　일할 때는 열심히, 그리고 최선을 다해서 해야 한다는 것은 누구나 알고 있는 사실입니다.

　하지만 실제로 그렇게 하고 있는 사람은 많지 않습니다.

　물론 자신의 정열을 다해 일한다는 것은 쉬운 일이 아니기 때문에 탓할 것은 못 되나, 문제는 그런 사람일수록 쉬는 데에도 서투르다는 점입니다.

　자신의 주어진 일에 최선을 다하지 않는 사람들은 쉬는 시간, 노는 시간조차도 이것도 저것도 아닌 어중간한 모습으로 흘려보내기 일쑤거든요.

　자신에게 주어진 일을 최선을 다해 해내지 못한 사람이라도 적어도 쉬는 시간만은 자신이 할 수 있는 모든 역량을 다해 놀거나 휴식을 취해야 합니다. 그래야 미련이 없습니다.

　쉬는 시간을 충분히 잘 쉬거나 잘 놀지 못한 사람은 그 미련을 가지고 일자리로 뚜벅뚜벅 걸음을 옮기게 마련입니다.

　결국 그 미련은 일이든 공부든 열심히 하지 못하게 만드는 일등

공신입니다.

　반면에 열심히 최선을 다해 휴식을 취한 사람은 다릅니다. 일단 더 이상 쉬는 것에 대한 미련이 없습니다. 그렇기에 이제 자신에게 남겨진 것은 일뿐이라는 것을 알게 되고, 열심히 쉰 만큼 열심히 자신의 모든 힘을 일에 쏟아붓습니다.

최선을 다해 일하는 것 못지않게
최선을 다해 쉴 줄 아는 것 또한 중요합니다.
앞으로도 아주 먼 길을 가야하는
우리의 인생에서는…….

용서

용서하는 것은

좋은 일입니다.

하지만 용서했다는 사실조차

잊어버리는 것은

더더욱 좋은 일입니다.

이름을
불러주는 것의 의미

    사람들은 종종 상대방의 이름 대신에 '야', '너'라는 말을 사용합니다.

    편하기 때문이라고 그 이유를 대지만 이제 그런 멋없는 호칭 대신에 상대방의 이름을 불러주는 우리가 되었으면 좋겠습니다.

    잘 알지 못하는 사람이 자신의 이름을 애써 기억하고 불러주었을 때, 친한 친구가 '야', '너'라는 말 대신에 이름을 불러주었을 때 더욱 기뻐지는 이유는 자신이 그 사람에게 '존재'로서가 아니라 '의미'로서 받아들여졌다는 느낌을 가질 수 있기 때문입니다.

    기억하십시오. 사람은 자신의 이름이 불리는 만큼 행복을 느끼게 된다는 사실을. 그 행복이 살아가는 데 가장 소중한 힘이 되어준다는 사실을.

결실이나 장미를
얻기 위해서는

크건 작건 간에
꽃들이 여기저기 피어 있는
아름다운 정원을 갖고자 하는 이는
허리를 굽혀서 땅을 파야만 하네

소망만으로 얻을 수 있는 것은
이 세상에서 극히 적은 까닭에
우리가 원하는 가치 있는 것은 무엇이건
일함으로써 얻어야 하네

당신이 어떤 것을 추구하는가 하는 것은
문제가 아니라네
그것의 비밀이 여기 쉬고 있기에
당신은 끊임없이 흙을 파야 하네
결실이나 장미를 얻기 위해서는

에드가 게스트의 〈결실과 장미〉라는 시입니다.

이 세상에 시도해보지 않고 성공할 수 있는 일은 아무 것도 없습니다.

머릿속으로만 생각하고 아무 시도도 하지 않거나 실패할까봐 망설이며 시도해보지 않는 것처럼 어리석은 일은 없습니다.

늘 가슴에 새겨두고 살아가십시오.

"시행착오에 들인 시간조차도 아무 것도 하지 않고 흘려보낸 시간보다 훨씬 명예롭고 가치 있다"라는 조지 버나드 쇼의 말을 구태여 기억하지 않는다 해도.

그리고 행복한 순간에도

우리 삶에
숨겨져 있는 희망

초등학교 아이들이 즐거워하는 미술 시간. 그중에서도 아이들이 환호성을 지를 정도로 즐거워하는 스크래치라는 것이 있습니다. 하얀 스케치북에 먼저 빨강, 노랑, 파랑 등 온갖 예쁜 색깔들의 크레파스로 밑그림을 그려둔 뒤 전체 면을 까만 크레파스로 온통 칠하는 것입니다. 그 다음에 연필 같은 뾰족한 것으로 선을 그으면 검은 색이 비켜가며 그 밑에 숨어 있던 화려한 그림이 모습을 드러냅니다.

삶 또한 이와 같지 않을까요?

비록 지금은 한 치 앞도 보이지 않는 깜깜한 현실이 펼쳐져 있다 해도 본디 우리들 삶의 밑그림은 밝고 아름다운 것…….

그 어떤 암흑 같은 현실이라도 우리가 '희망'이라는 연필 한 자루를 드는 작은 수고만을 할 수 있다면 이내 찬란한 형형색색의 아름다운 삶이 우리 앞에 펼쳐지는 것…….

세상 모든 강함을
이겨내는 부드러움

다른 건물들보다 훨씬 더 높은 건물을 지을 때는 한 가지 원칙이 있다고 합니다. 우리가 생각했던 것과는 조금 다른 이 원칙은, 건물이 높아질수록 더 단단하게 짓는 것이 아니라 더 부드럽게 짓는다는 것이지요.

억지로 바람을 이기려는 것이 아니라 자연스럽게 바람을 받아들이는 방법. 이 공법이 세찬 바람이 불어올 때 더 안전하게 건물을 지탱해준다고 합니다.

상대방이 높이 쌓아둔 마음의 벽을 허무는 것은 큰 목소리와 고압적인 자세가 아니라 부드러운 미소와 이야기를 귀담아주는 열린 마음입니다. 강한 것으로 세상 모든 것들을 이겨낼 수 있다는 것만큼 어리석은 생각은 없습니다.

내면의 부드러움, 그 부드러움이 세상 모든 강함을 이겨냅니다.

빈손으로 가는
여유로움

중요한 메모를 해두었다가 찾는 데 한참이나 걸렸던 경험이 있습니다. 그러면서 떠오른 생각. 나의 옷들엔 주머니가 너무도 많다는 사실이었죠.

바지에서 티셔츠, 스웨터까지 수많은 주머니들을 일일이 들쳐보느라 당황스러웠던 경험.

나는 이 주머니들이 내가 성장하고 사회에 길들여져가면서 갖게 되는 욕망, 욕심이라는 주머니가 아닌가 하고 비추어보았습니다.

어린 시절엔 최소한의 것으로도 만족하던 것이 이제는 자꾸 '더, 더'라는 소리만을 외칠 뿐 쉬이 만족할 줄 모르는 나의 주머니.

인간이 태어나서 마지막에 입는 옷, 수의(壽衣)에는 주머니가 없다고 합니다.

이제 내 마음의 욕심이라는 주머니를 헐거이 모두 비워내고 그 없음의 여유로움으로 살아가고 싶습니다.

작은 것들의 우직함

　영국의 추리작가 코난 도일은 작은 것의 중요성을 이렇게 말했습니다.

　"가장 좋은 것들은 조금씩 찾아온다네. 작은 구멍에서도 햇빛을 볼 수 있다네. 사람들은 산에 걸려 넘어지지 않는다네. 그들은 조약돌에 걸려 넘어진다네. 작은 것들이 곧 가장 중요한 것. 오랫동안 내 좌우명이 되어온 것은 '작은 일들이 한없이 가장 중요한 일이다'라는 것이네."

　온 산을 뒤덮는 거송을 만든 것은 바람에 휘날려 여기저기를 떠돌던 작고 못생긴 씨앗 하나입니다. 끝없는 망망대해의 처음은 이름 없는 계곡의 돌 틈에서 생겨난 작고 힘없는 물줄기입니다.

　그대, 잊지 마십시오. 세상 모든 시작은 작고 하찮은 것들이라는 사실을. 그 작고 하찮은 것들의 우직함으로 인해 세상의 모든 위대한 것들이 존재함을.

실패가
인생에 가르쳐주는 것

실패는 당신이 실패자임을 의미하지 않습니다.
실패는 다만 아직 당신이 성공하지 못했음을 의미할 뿐입니다.
실패는 당신이 결코 해낼 수 없음을 의미하지 않습니다.
실패는 다만 당신에게
조금의 시간이 더 필요하다는 것을 의미할 뿐입니다.
실패는 당신이 아무 것도 성취하지 못했음을 의미하지 않습니다.
실패는 당신이 무엇인가를 새로 배웠음을 의미할 뿐입니다.
그리고 실패는 당신이 포기해야된다는 것을 의미하지 않습니다.
실패는 다만 당신이 조금만 더 열심히 하면
충분하다는 것을 의미할 뿐입니다.

경화(硬化)라는 말을 들어본 적이 있는지요.

식물을 재배하는 한 방법인데 새싹을 틔운 식물에게 일부러 척박한 환경과 좋지 못한 조건을 만들어주는 것입니다.

흔히 우리가 생각하는 것과는 달리 그렇게 자라난 식물은 좋은

환경에서 자라난 식물보다 언제나 더 튼튼하고 알찬 열매를 맺는다
고 합니다.

　지금 숱한 실패에 고개 떨구고 있는 그대여.
　그 실패는 그대를 무너지게 하기 위해 존재하는 장애물이 아니라
더 좋은 나날들로 가는 길목에 놓여진 징검다리 같은 것입니다.
　이제 아시겠지요. 실패가 진정으로 우리들에게 가르쳐주려는 것
은 절망이 아니라 인생이라는 곳에 군데군데 숨겨놓은 보물 리스트
를 찾는 방법이라는 사실을……

결코
사소하지 않은 것들

떠오르는 아침 해를 보고 '아' 하는 감탄사를 내뱉는 일.

이른 시간 나를 필요로 하는 어떤 곳으로 발걸음을 옮기는 일.

내가 만나고 이야기해야 할 수많은 얼굴들이 있다는 사실.

보고, 듣고, 말할 수 있다는 사실.

고개를 들어 아무리 생각해봐도 모를 일입니다.
사람들은 왜 이런 것들을 사소한 일이라 이야기하는지를…….

어디로 가는지
알고 가는 삶

지하철 개찰구에 가서 동전을 찾으니 때마침 동전이 다 떨어져 아무 생각 없이 역무원에게 천 원짜리 한 장을 내민 적이 있습니다. 그때 매표소 직원은 내게 물었습니다.

"어디까지 가세요?"

순간 당황한 나는 머뭇거리다가 입에서 나오는 대로 아무 말이나 하고는 무슨 죄라도 지은 듯 뒤돌아왔습니다.

지하철 계단을 내려가면서 나는 오랫동안 진지하게 내 스스로에게 질문을 던졌습니다.

'지금 나는 도대체 어디로 가고 있는 것일까? 지금 나는 어디를 가려고 이렇게 허둥대며 살아가고 있는 것일까?'

작가 엘리 위젤은 다음 글을 통해 우리에게 자신을 찾으라는 조언을 하고 있습니다.

당신이 죽어 하늘에 가면 신은 "왜 너는 이런저런 병의 치료법을 발견하지 못했느냐? 왜 너는 온 세상을 구원해내지 못했느냐?"라고 묻지 않을 것이다. 그 고귀하고 중요한 순간에 우리가 받는 질문은 단 한 가지. "너는 왜 너 자신이 되지 못했느냐?"일 것이다.

'나답게' 산다는 것.

그것은 내가 누구이며, 내가 가야 할 길은 어디이며, 왜 그 길을 가는지 분명히 알고 있는 사람입니다.

끊임없이 내가 누구인지 묻고 답하면서 우리네 인생의 키는 어느 순간에 훌쩍 커버리는 게 아닐까요?

언제나 자신의 삶에 무게중심을 가지고 가야 할 길을 분명히 알고 가는 사람의 삶은 참으로 아름답습니다.

이미 던져진
삶이라는 주사위

때로는 짧은 말 한마디가 자신의 삶을 움직이는 중요한 이정표가 되기도 합니다.

내가 삶에 지쳐 쓰러지려 할 때, 이쯤에서 모든 것을 포기하고 싶다는 생각이 들 때면 나는 가끔 내 가슴속에 깊이 새겨져 있는 줄리어스 시저의 이 말을 끄집어내어보곤 합니다.

"주사위는 이미 던져졌다."

우리는 누구든 삶이라는 무대 위에서 살아가도록 운명지어져 있습니다. 삶이라는 그 무대에서 주인공으로서의 삶이든 조연으로서의 삶이든, 우리는 그 무대에서 공연을 해야만 하도록 선택되어진 것이지요.

이미 살아가야만 하도록 주사위가 던져져 있는 우리네 삶.

어차피 살아가야 하는 것이 우리네 삶이라면 이왕이면 순간순간을 조금 더 진지하게, 그리고 이왕이면 힘들더라도 한 걸음을 더 내

지치고 힘들 때

딛는 삶. 그런 삶을 살아야겠다고 지쳐 있던 내 마음을 다시 가다듬
곤 합니다.

주사위는 이미 던져졌습니다.

어차피 살아가야만 하도록 부여받은 삶이라는 운명.

이제 삶이라는 그 운명의 무대에서 당당하게 주인공의 삶으로 살
아가느냐, 무대 한번 제대로 밟아보지 못하고 쓸쓸하게 퇴장하는 조
연 중의 조연으로 살아가느냐, 그것이 당신에게 주어진 숙제입니다.

다시 한 번 말해주고 싶습니다.

우리의 삶이라는 주사위는 이미 던져졌다고, 그리고 우리는 필연
적으로 살아가야만 한다고…….

인생은 단 한 번뿐입니다.
그것은 참으로 안타까운 일이 아닐 수 없습니다.
하지만······.
제대로만 산다면 한 번만으로 충분한 것.
그것이 인생 아닐까요?